Pour Axel

Poésie(s)

Collection dirigée par Philippe Tancelin

Dernières parutions

Nasser BALABALA METHOT KOTAGBIA, *Anthologie des poètes centrafricains contemporains*, 2023.
Marie-Hélène VERDIER, *Saisons*, 2023.
Colette WITTORSKI, *Éphéméride*, 2023.
Barnabé LAYE, *Le soleil est chaque jour nouveau*, 2023.
Laura GRIMALDI, *Terre d'Âmes*, 2023.
Alain FLAUD, *La mer éternelle*, 2023.
Hamid BEN, *Équinoxes*, 2022.
Mostefa BENCHERIF, *Jointures de la nuit*, 2022.
Pierre YANG, *De ciel en ciel*, 2022.
Françoise SERANDOUR, *Le Chant de l'Oiseau. Secrets d'enfance*, 2022.
Charles EBGUY, *Chants d'amour et de pluie*, suivi de *Marrane*, 2022.
Yves TEICHER, *J'ai dans le sang*, 2022.
Ludmilla PODKOSOVA, *Qui osera rompre le silence. Anthologie*, 2022.
Levelt MICHAUD, *L'Absence poétique. La présence de l'absence*, 2022.
Malvina BLANCHECOTTE, *Nouvelles poésies*, 2022 (Bibliothèque poétique des femmes, 2).
Rouhollah HOSSEINI, *Einstein et l'Amant*, 2022.
Régis Benoît BICKOUTAS, *Élégies nocturnes*, 2022.
Jean-Christophe LEFORESTIER, *Le Fil du refus*, 2022.
Adrien LEROY, *Les braises, la mémoire*, 2022.
Mireille BOLUDA, *Trois jours à vivre*, 2022.
Judy PFAU, *Seasons of the Heart/Les Saisons du Cœur*, 2022.
Pierre EL SAYEGH, *Reflets et Amertume*, 2022.
Louisa SIEFERT, *Rayons perdus*, 2022 (Bibliothèque poétique des femmes, 1).

Marie NIZET

POUR AXEL

Édition réalisée par
Raphaël LUCCHINI et Jérémie PINGUET

Raphaël Lucchini (né en 1993) est professeur de Lettres modernes. Au cours de ses études, il s'est spécialisé dans le théâtre et dans la littérature médiévale.

Jérémie Pinguet (né en 1993) est normalien (ENS de la rue d'Ulm à Paris) et agrégé de Lettres classiques. Sous la direction de Sylvie Laigneau-Fontaine (Université de Bourgogne) et de Virginie Leroux (EPHE – PSL), il prépare, à l'Université de Bourgogne, une thèse de littérature néolatine sur les *Nénies* (1550), tombeau littéraire en l'honneur de Guillonne Boursault (1510-1550), surnommée Gélonis, la « Rieuse », épouse du poète et humaniste français Jean Salmon Macrin (1490-1557). Il a écrit ou réédité des ouvrages pédagogiques aussi bien pour le français (*Clefs pour le français dans le Supérieur*, avec Christine Vulliard) que pour le latin (*Méthod' Latin* ; *Le Thème latin* de Lucien Sausy ; et *Synonymia* de Carl Meissner) et le grec ancien (*Καλλιγραφία. Comment écrire comme Platon ?* de Henry W. Auden), ainsi qu'une anthologie de poésie amoureuse francophone (*Aimer, rimer. 150 poèmes pour réinventer l'amour*, avec une préface de Jean-Michel Maulpoix, lauréat du Prix Goncourt de la Poésie en 2022). Il a aussi co-édité avec Marjolaine Leroux et Christine Vulliard un choix de cent poèmes de Paul Éluard intitulé *Dit de la force de la poésie*.

Passionné de poésie et poète à ses heures perdues, il est à l'origine du projet collectif de la « Bibliothèque poétique des femmes », présentée en fin d'ouvrage. Il anime également les sites *neoclassica.co* (où l'on trouve de nombreuses ressources concernant les langues anciennes, le français et la philosophie) et *macrin.fr*.

Ils ont étudié ensemble pendant trois ans à Lyon, en classes préparatoires littéraires au lycée Édouard Herriot, et ont écrit, avec trois autres amis et collègues, *50 couples mythiques de la littérature, de l'*Odyssée *à* Harry Potter (2021).

Pour Axel, Bruxelles, Éditions de La Vie intellectuelle,
1923, pour la première édition

5-7, rue de l'École-Polytechnique, 75005 Paris
http://www.editions-harmattan.fr
ISBN : 978-2-14-034581-4
EAN : 9782140345814

Aux poétesses méconnues
Aux poétesses inconnues

Pour Marie et Axel,
pour leur inextinguible amour
que la mort ne fit qu'attiser

Première de couverture de l'édition imprimée de 1923
de *Pour Axel* (exemplaire n° 495,
conservé à la BnF, cote 8-YE-11064).
Source : *gallica.bnf.fr* / Bibliothèque nationale de France.

INTRODUCTION

Dévoiler les mystères d'une vie

« Le hasard vient de me faire lire *Axel* de Marie Nizet. Comment un livre d'une telle valeur n'est-il pas connu ? On parle de Desbordes-V.[1] — Et elle, alors ? » C'est avec ces mots que la peintresse Marthe Massin-Verhaeren (1860-1931)[2] conclut l'une de ses lettres[3]. Nous partageons – ô combien – l'étonnement qui fut le sien : par quels hasards de l'histoire littéraire se fait-il donc que sa compatriote Marie Nizet ne jouisse pas, même en Belgique, d'une légitime notoriété ? Qu'elle n'ait fait l'objet que d'un nombre très réduit de travaux universitaires, assurément brillants, mais fort isolés ? Qu'une seule de ses œuvres ait eu la chance d'être rééditée et traduite dans d'autres langues ? Et, surtout, que son œuvre la plus réussie, la plus personnelle, la plus saisissante, n'ait survécu que par bribes dans quelques anthologies, sans la moindre réédition complète ?

---

[1] Marguerite Desbordes-Valmore (1786-1859) est l'une des poétesses françaises les plus connues du XIXe siècle. Parmi ses nombreux recueils, on peut citer *Les Pleurs* (1833).

[2] Cette artiste se maria en 1891 avec le poète belge Émile Verhaeren (1855-1916), qu'elle peignit à plusieurs reprises.

[3] Datée du 19 novembre 1926 et envoyée de Bruxelles, la lettre en question est adressée à l'écrivain belge Henri Vandeputte (1877-1952) et conservée aux Archives et Musée de la Littérature de Bruxelles (cote ML 06970/0101).

C'est cette injustice que nous entendons aujourd'hui réparer grâce au présent ouvrage, en livrant au public un texte d'une singulière étoffe.

Lors de nos recherches, il fut parfois malaisé non seulement d'avoir accès aux informations biographiques nécessaires, mais aussi de démêler le vrai du faux : les sources, tantôt fragmentaires, tantôt erronées, répètent en effet de temps en temps les mêmes erreurs. Un exemple, frappant, suffit à s'en convaincre : pour la date précise de la mort de Nizet s'offraient deux possibilités... dont aucune n'était cependant la bonne ! Aussi mettrons-nous un soin tout particulier à distinguer les éléments que nous considérons comme certains de ceux qui représentent d'honnêtes suppositions, tout en étant bien conscients que, malgré nos efforts, des inexactitudes peuvent subsister : ce genre de travail biographique requiert une grande humilité.

Outre nos propres découvertes, nous nous référons avant tout aux travaux de Maëlle De Brouwer et aux trouvailles exceptionnelles de Luc Andries[1] : nous tenons à remercier chaleureusement l'une et l'autre pour leur aide et pour toutes les lumières qu'ils ont apportées sur la vie d'une femme qui, alors qu'elle semblait inéluctablement nous échapper, se dévoile peu à peu. À l'issue d'une passionnante enquête, qui se poursuit d'ailleurs et dont nous proposons ici l'essentiel, se dessine ainsi un tableau complexe dont les zones d'ombre

[1] Voyez *infra* la bibliographie indicative pour le mémoire universitaire et l'article de la première. Nous vous invitons également à consulter la « Généalogie Andries-Mercier » mise à disposition en ligne par le second sur le site *Geneanet*. De nouvelles découvertes sont encore en cours. Ces informations seront également présentées sur le site *Neoclassica*.

ne manqueront pas de susciter les rêveries les plus romanesques.

Un contexte familial propice à l'écriture

Marie Émilie Françoise Élisabeth Nizet naquit le 19 janvier 1859 à Bruxelles. De toute évidence, la précocité de ses talents littéraires est tributaire de l'environnement familial et culturel dans lequel elle grandit. Sa mère, Marie Devleeschouwer[1], était institutrice et se maria, le 27 avril 1858, avec François Nizet[2] : ce dernier, plusieurs fois docteur, homme de lettres et conservateur à la Bibliothèque royale de Belgique, publia des ouvrages historiques mais aussi quelques vers patriotiques, *Premiers chants de ma lyre ou Patriotisme et religion*, parus en 1857 et dédiés au roi des Belges Léopold Ier (1790-1865).

Dans cette famille issue de la classe sociale supérieure, les conditions matérielles et intellectuelles contribuèrent à l'éclosion d'une vocation littéraire chez les deux enfants Nizet. Le frère cadet de Marie, Henri[3], qui devint lui-même docteur, poursuivit en effet une carrière de journaliste, d'essayiste et de romancier à la sensibilité naturaliste : on lui doit notamment *Bruxelles rigole. Mœurs exotiques*, paru chez Henry Kistemaeckers

[1] Née à Vilvorde le 20 février 1829, Marie Émilie Colette Devleeschouwer mourut à Ixelles le 21 novembre 1902.

[2] Né à Joubiéval le 18 septembre 1829, François Joseph Nizet mourut à Ixelles le 19 janvier 1899.

[3] Né à Bruxelles le 13 décembre 1863, Georges Henri Nizet mourut à Rhode-Saint-Genèse le 16 avril 1925. Il se maria à Koekelberg le 26 juin 1902 avec Jeanne Thérèse Josée Brynaert (1872-1951).

en 1883, ou encore *Les Béotiens* (vers 1885), *Suggestion...* (1891) et *Hypnotisme* (1893).

Le cycle[1] roumain ou l'éveil littéraire et politique

Ce contexte familial privilégié se révéla des plus déterminants pour Marie : son père, qui appartenait à l'intelligentsia bruxelloise, accueillait en effet chez eux, comme étudiants ou pensionnaires, des élèves « slaves, levantins et balkaniques »[2] ; or ces rencontres et les récits livrés par les jeunes gens qu'elle côtoyait inspirèrent les premières œuvres de l'autrice, qui se passionna véritablement pour la culture et la politique de ces pays lointains. En 1878, un critique littéraire rapporte l'anecdote suivante :

> Depuis plus de deux ans, les conservateurs de la Bibliothèque royale voyaient, chaque jour, une jeune fille, presque une enfant, venir s'asseoir devant une table de la salle de lecture et demander successivement tous les livres qui pouvaient traiter de l'histoire, de la littérature et des mœurs des races diverses qui peuplent les principautés danubiennes. N'importe dans quelle langue ces livres sont écrits, elle les lisait avec l'attention d'un bénédictin, et, chaque jour aussi, elle emportait une ample moisson de notes. Durant les dernières guerres, elle en suivait les péri-

[1] Nous reprenons à Maëlle De Brouwer l'idée de trois « cycles » d'écriture qui donnèrent lieu à trois ensembles d'œuvres distincts.

[2] Pour reprendre les mots de la Française Lya Berger (1877-1941), elle-même poétesse, dans *Les Femmes poètes de la Belgique. La vie littéraire et sociale des femmes belges* (Paris, Perrin et Cie, 1925), p. 75. Une réédition de son tout premier recueil poétique, *Réalités et Rêves* (1901), est en cours, réalisée par Aurélien Pulice.

> péties avec un recueillement passionné. On l'eût prise, n'était sa tournure juvénile, pour quelque vieux savant [...]. C'était une âme poétique faisant provision d'idées et de sentiments à verser dans ses poèmes.[1]

Se révèlent donc d'emblée dans ce jeune esprit la soif d'un ailleurs et le goût du labeur. Les premiers essais poétiques de Marie Nizet, alors âgée d'à peine 18 ans, datent de 1877 avec un long poème intitulé *Moscou et Bucharest*, que suivit, un an plus tard, une production d'inspiration similaire, *Pierre le Grand à Iassi*[2].

Dans le premier poème, on assiste à une discussion entre deux soldats, l'un russe, l'autre roumain, que tout oppose, bien qu'ils soient alliés lors de la guerre menée contre les Ottomans. Chacun à son tour, ils racontent leur histoire, avant que la poétesse ne s'apitoie sur le sort du second, tué au combat. Une revue, l'*Athenaeum belge*, célèbre « ces vers où l'énergie virile se mêle à la grâce » et où la poétesse « a tracé les tableaux les plus variés de lignes et de couleurs »[3]. Quant au poème de 1878, il raconte comment « Démétrius Cantimir » (Dimitrie Cantemir, 1673-1723), intellectuel et hospodar – c'est-à-dire souverain – de Moldavie, décida de secouer le joug de la Sublime Porte ottomane, dont il était le vassal. Il obtint l'appui du tsar Pierre Ier (1672-1725), qui entra dans la ville de Iassi (ou Jassi) – aujourd'hui la deuxième ville de Roumanie, derrière la capitale – et

---

[1] *L'Athenaeum belge*, 1re année, no 20, 20 octobre 1878, p. 153.

[2] Les deux poèmes semblent avoir d'abord paru dans un journal français que nous n'avons pu retrouver, puis furent imprimés à part : *Moscou et Bucharest*, Versailles, E. Aubert, 1877 ; et *Pierre le Grand à Iassi*, Paris, Auguste Ghio, 1878. La jeune autrice offrit un exemplaire de chacun de ces deux ouvrages à la Bibliothèque royale de Belgique.

[3] *L'Athenaeum belge*, 1re année, no 3, 3 février 1878, p. 20.

s'attira les faveurs du peuple, en échange de quoi Cantimir reçut d'immenses domaines, dont certains en Ukraine, où il mourut, non sans avoir beaucoup publié et aidé son nouveau suzerain à étendre son empire. Dans l'un et l'autre poème, l'autrice, clairement favorable au parti roumain, fait preuve d'une connaissance remarquable des enjeux historiques et politiques de ces espaces éloignés qu'elle apprit à chérir. Pour ces deux courtes œuvres, pleines de promesses et célébrées comme telles, Nizet obtint une première bourse de la part du ministère de l'Intérieur – plusieurs autres suivirent au fil des années à titre d'encouragement littéraire.

Les deux poèmes rejoignirent, peu de temps après, un recueil plus ample intitulé *România (Chants de la Roumanie)*[1]. S'y fait sentir une maturité qui prend la forme d'un engagement politique revendiqué dès le seuil de l'ouvrage :

> Belge, nous nous faisons un devoir de soutenir la cause de ces Roumains dont l'histoire, trop ignorée, présente tant de points de similitude avec la nôtre, et qui, des bords du Danube, aiment à donner le nom de *frères* aux Wallons.
>
> La poésie nous a paru être la voix qu'on écoute le plus volontiers, celle qui parvient le plus vite à éclairer l'esprit, parce qu'elle s'adresse au cœur. Si les quelques pièces contenues dans ce volume peuvent obtenir le bienveillant assentiment du public roumain, tout en éveillant l'intérêt des lecteurs de toutes nationalités, nous croirons notre but atteint et nos efforts suffisamment récompensés.

Avec acuité et vivacité, Marie Nizet représenta les enthousiasmes patriotiques de ses personnages et, à défaut d'avoir été beaucoup lue en Roumanie, « pays de

[1] *România (Chants de la Roumanie)*, Paris, Auguste Ghio, 1878.

[s]es rêves »[1], la poète put se féliciter d'avoir attiré l'attention du célèbre auteur roumain Alexandru Macedonski (1854-1920), qui écrivait aussi bien en français que dans sa langue maternelle et qui acclimata le symbolisme français à son pays. Celui-ci consacra un article[2], qui consiste en une élogieuse recension, à *România*, que lui avait offert personnellement la jeune autrice belge : il y cite certains de ses vers, « pleins de flamme », en loue les « pages viriles » et les « morceaux héroïques, indignés », et précise qu'il ne s'agit pas de la traduction de chants roumains mais bel et bien de créations originales qui ne sont roumaines que par leur inspiration. Marie lui répondit dans une lettre datée de novembre de la même année :

> Mes pauvres vers ont donc trouvé un écho lointain dans votre âme de Roumain et de poëte ! C'est généreux de votre part et je vous en remercie.
>
> Un immense cri de douleur s'est élevé des bords du Danube ; je m'en suis émue, j'ai crié : « Courage ! » aux opprimés, j'ai plaint leur malheur et maudit leurs bourreaux.
>
> Vous m'avez comprise. [...]

---

[1] « À la Roumanie », v. 1.

[2] Dans *România liberă*, 2e année, n° 425, 19 octobre 1878. Je remercie Florica, Jean-Louis et Florence Courriol pour les traductions du roumain. Certaines sources mentionnent une traduction de *România* par Macedonski, dont nous n'avons pas pu confirmer l'existence. Il nous semble plutôt qu'un raccourci a été fait entre la traduction du poème « Portrait » dans l'article de l'écrivain roumain et une traduction de l'ensemble du recueil de Nizet, même si la poétesse propose de fait à son correspondant de « s'entendre avec [lui] à ce sujet ». Grâce à deux lettres (datées de 1882 et de 1883) conservées elles aussi à l'Académie roumaine, on sait que François Nizet correspondit également avec Macedonski.

Mes vœux seraient comblés si je voyais un jour monter au firmament européen l'étoile radieuse de la libre Roumanie ! [...]

On remarque, dans l'*Athenaeum belge*, que Marie Nizet évite les travers d'un lyrisme juvénile, naïf et égocentré, et que « le moi, si ardent à se montrer dans les poésies des débutants, s'efface pour laisser la parole aux sentiments d'une nation ». Et on s'étonne même :

Comment se fait-il que, sans sortir de Bruxelles, une jeune fille, qui n'a pas dépassé sa majorité légale, ait pu se pénétrer de l'histoire, des mœurs, des traditions, des aspirations, des regrets et des haines d'un peuple aussi éloigné de nous, au point d'éveiller chez le lecteur l'impression saisissante de ces sentiments ?[1]

La facture des vers fait l'objet de bien des éloges et laisse présager un avenir prometteur, comme le souligne par exemple la *Revue de l'instruction publique en Belgique* :

C'est chose merveilleuse, nous le répétons, de voir une jeune fille de dix-huit ans unir dans ses vers tant de force à tant de grâce, tant de science à tant d'inspiration ; c'est chose merveilleuse de la voir manier avec une égale aisance les rhythmes les plus divers, et écrire avec une pureté, une élégance, une harmonie que lui envierait plus d'un habile.

Ce n'est pas à dire que les poësies de Mlle Nizet soient parfaites ; mais les taches y sont rares et légères. L'œuvre n'est pas exempte d'une certaine âpreté, mais c'est une âpreté saine, présage d'une savoureuse maturité. Que Mlle Nizet persévère et travaille ; que les éloges qui ont accueilli ses premiers essais soient pour elle moins une récom-

[1] Art. cit., 20 octobre 1878, p. 153.

> pense qu'un stimulant. Elle se doit à elle-même, elle doit à son pays de tenir les brillantes promesses de son début.[1]

C'est donc cet ouvrage qui valut à la Bruxelloise une reconnaissance d'assez grande envergure[2], au point que certains la comparèrent à Victor Hugo. C'est le cas de l'homme de lettres et polygraphe belge Charles Potvin (1818-1902) : « On eût dit la virtuosité de la *Légende des Siècles,* résultat d'une longue pratique de l'art, maniée avec la sûreté naïve de la jeunesse. »[3]

Ce premier ensemble d'œuvres se termine en 1879 avec la publication du *Capitaine Vampire*[4]. Il s'agit là de l'unique ouvrage de Marie Nizet à avoir été réédité, mais aussi traduit (à la fois en roumain et en anglais)[5]. Nulle surprise à cela : cette « nouvelle roumaine »[6], qui offre les dimensions d'un roman et raconte l'histoire de l'officier russe Boris Liatoukine tout en peignant la situation de la Roumanie au moment des tensions mili-

---

[1] *La Revue de l'instruction publique en Belgique,* t. 22, 1879, p. 130.

[2] Lya Berger présente cette œuvre comme la preuve des « dons incontestables de la jeune poétesse » (*op. cit.*, p. 76).

[3] Charles Potvin, *Histoire des lettres en Belgique,* t. 4, *Cinquante ans de liberté,* Bruxelles, Weissenbruch, 1882, p. 403.

[4] *Le Capitaine Vampire. Nouvelle roumaine,* Paris, Auguste Ghio, 1879.

[5] Voir la liste des œuvres de l'autrice pour les détails de ces éditions.

[6] Ce texte inspira un auteur britannique contemporain, Brian Gallagher, qui publia *The Return of Captain Vampire* (Encino, Black Coat Press, 2020), disponible également en français dans une traduction de Martine Blond, Jean-Marc Lofficier et Lisa Pujol (*Le Retour du Capitaine Vampire,* Encino, Black Coat Press, « Rivière Blanche », 2019).

taires de 1877-1878[1], bénéficia de l'engouement pour l'œuvre de Bram Stoker (1847-1912), le célèbre *Dracula* de 1897. Même si l'influence de Nizet sur Stoker reste sujette à caution, Matei Cazacu[2] souligne bien les similitudes troublantes entre les deux histoires de vampires... mais aussi les convergences entre certaines œuvres d'Henri Nizet portant sur l'hypnotisme ou l'emprise mentale et le roman épistolaire de l'auteur irlandais ! À coup sûr, la fiction de Marie Nizet suscita, une nouvelle fois, un étonnement bien compréhensible, que résume admirablement une chronique[3] parue dans le journal *La Meuse* : « [...] cela échappe à toutes les conventions, c'est la saveur du fruit nouveau. On ne me mettrait pas dans la tête, si je ne le savais positivement, que ce livre a été écrit à Bruxelles. »

Ne refermons cependant pas tout de suite ce chapitre « oriental » des œuvres de Nizet et mentionnons-en une dernière, qui échappa longtemps à toute reconnaissance, et pour cause : elle fut publiée anonymement en 1880 à Bruxelles, sous le titre *Le Scopit. Histoire d'un eunuque européen. Mœurs russo-bulgares*, par la mai-

---

[1] À l'issue de la guerre russo-turque, à laquelle elle participa aux côtés des Russes, la Roumanie proclama son indépendance vis-à-vis de l'Empire ottoman.

[2] Cet historien réédita *Le Capitaine Vampire* (p. 499-632), dans son *Dracula* (Paris, Tallandier, 2004), à la suite de ses recherches sur la figure du plus illustre des suceurs de sang. Pour davantage de détails, voyez les pages 315 à 327.

[3] Non datable précisément mais disponible sur le site de l'Université de Liège. Sous la même cote, une reproduction numérique d'un exemplaire du *Capitaine Vampire*, dédicacé par Marie Nizet au professeur Alphonse Leroy, est accompagnée d'une lettre (écrite le 6 août 1879 à Ixelles) de François Nizet qui le remercie, à la place de sa fille, « atteinte d'une névralgie douloureuse », de l'excellent article qu'il a rédigé sur l'ouvrage.

son d'édition d'Henry Kistemaeckers où Henri Nizet publia trois ans plus tard son *Bruxelles rigole...*, dans lequel il analyse avec un esprit mordant les mœurs de la ville[1]. C'est à l'article de Jacques Detemmerman publié en 2016 que l'on doit cette révélation[2]. *Scopit*, dérivé d'un vieux mot russe, signifie « eunuque » en roumain. L'introduction du livre précise les choses concernant la secte dont il est question : « Qu'il nous soit donc permis de continuer d'appeler scopitisme la religion dont le caractère spécial repose tout entier dans la castration du croyant. Le scopit professe tous les dogmes de la religion chrétienne orthodoxe », auxquels s'ajoute la mortification de la chair, censée procurer le bonheur dans l'autre vie. Le microcosme littéraire de la capitale belge vit « une main de femme » derrière la plume demeurée sans nom et semble bien avoir dit, à demi-mot, l'identité de cette femme, en la plaçant « au rang des bons poètes de ce pays ». En effet, la connaissance approfondie du monde roumain correspondait bien à la

---

[1] À ce sujet, et aussi pour un portrait étonnant d'Henri, voir Matei Cazacu, *op. cit.*, 322-323.

[2] Jacques Detemmerman, « Qui a écrit *Le Scopit* ? », in *Les Cahiers du Cédic*, n° 6/8, janvier 2016, p. 85-100. Nous n'émettrons qu'un seul doute au sujet de cette authentification, quoiqu'il puisse être très facilement balayé : un « extrait d'une lettre de l'auteur » est imprimé en face de la page de titre ; il indique ceci : « J'ai vécu pendant quatre ans au milieu des *Scopits*, en contact forcé et presque journalier avec eux [...] ». Pareille affirmation ne correspond évidemment pas à la chronologie de la vie de Marie Nizet, mais il reste tout à fait probable que cette mise en scène ait pour seul but de rendre légitime la parole de l'écrivain – qui est alors bien une écrivaine – et de protéger son identité : une fille de bonne famille âgée de 21 ans aurait certainement suscité le scandale en publiant ce genre d'écrits sous son nom...

grande qualité de l'ensemble des premières œuvres de Marie Nizet.

Vie de famille

Le 10 avril 1880 furent célébrées à Ixelles les noces de Marie Nizet et d'Antoine Mercier[1], employé à l'administration communale de Bruxelles. De cette union naquit bientôt, le 14 février 1881, à Ixelles également, le petit Émile Louis François Mercier. Nous ne disposons en réalité que de peu de détails relatifs à cet hymen[2]. Presque toutes les sources le présentent comme malheureux, sans toutefois apporter de preuves concrètes ou d'éléments précis sur ce sujet. Une chose est sûre, c'est que, contrairement à ce qu'on peut presque toujours lire dans les notices concernant Marie Mercier-Nizet, son divorce ne fut jamais prononcé : elle signe encore une lettre datée d'octobre 1921 (et reproduite quelques pages plus bas) du nom de « Marie Mercier-Nizet » et fait de même pour les deux cahiers autographes du recueil *Pour Axel,* dédié à son amant ! Qui plus est, Antoine est présenté comme étant l'« époux de Marie Élisabeth Nizet » au moment de sa mort, et Marie comme étant « veuve », aussi bien dans les almanachs que sur son acte de décès.

---

[1] Né à Herchies le 2 janvier 1851, Antoine Louis Mercier mourut à Bruxelles le 26 décembre 1891.

[2] Les parents Nizet n'étaient apparemment pas ravis de ce mariage, puisqu'ils n'ont marqué tous les deux leur accord que « par acte », sans être présents à la maison communale qui se trouvait pourtant très proche de chez eux.

En revanche, une séparation reste envisageable, et même probable, car, en juin 1891, Antoine se domicilia à Koekelberg avec leur fils alors âgé de 10 ans, tandis que Marie resta chez ses parents à Ixelles, rue du Berger[1]. Malgré tout, les raisons pour le choix de deux logements distincts peuvent être multiples : le travail d'Antoine, éventuellement une maladie de Marie ou bien le besoin pour elle de s'occuper de ses parents… Ces éléments, à défaut de statuer sur le bonheur du couple Mercier, mettent du moins à mal l'hypothèse d'un mariage de courte durée. Quoi qu'il en soit, les liens entre les deux époux n'étaient de fait pas rompus, puisque ce sont François et Henri Nizet qui signèrent en décembre 1891 l'acte de décès de celui qui était, pour le premier, son beau-fils et, pour le second, son beau-frère – il n'est pas du tout impensable que Marie fût présente elle aussi, sans signer le document officiel. Le petit Émile retourna alors vivre avec sa mère.

Lya Berger prétend que « la jeune femme éleva son petit garçon et mena une existence retirée et difficile » (*op. cit.*, p. 83). Prenons beaucoup de précautions vis-à-vis de ces affirmations teintées de misérabilisme qu'on lit çà et là mais que ne corrobore presque aucun élément tangible. Cela n'enlève d'ailleurs rien aux difficultés que put rencontrer Marie en tant que veuve et que femme sans emploi, avec un jeune enfant à sa charge, quoiqu'elle fît partie d'une famille aisée et fût désignée comme « rentière » après la mort de son époux.

---

[1] Les registres de l'état civil et les almanachs nous apprennent que le couple Mercier et leur petit vécurent chez le couple Nizet, de mai 1888 à juin 1891, et que les différents membres de la famille avaient toujours habité, à différentes adresses, à deux pas les uns des autres.

Leur fils Émile, qui occupa la profession de photographe d'art et photographe industriel[1], se maria à Ixelles, le 2 avril 1902[2], avec Léonie Marie Ghislaine Niset[3], née à Valenciennes le 24 juillet 1880. Ensemble ils eurent un fils, Louis Marie Joseph Mercier, qui naquit à Ixelles le 11 novembre 1904. Il est le dernier descendant de Marie Mercier-Nizet que nous soyons parvenus à trouver pour le moment.

Le cycle des nouvelles ou l'inspiration belge

Le mariage de la femme de lettres ne la fit pas renoncer à l'écriture, comme d'aucuns ont pu le croire, mais elle changea, de fait, complètement d'esthétique : de la poésie, elle passa à la prose ; et aux révolutions de l'est, elle préféra désormais le calme de la Belgique. Le plus souvent absentes des notices rédigées à propos de leur autrice, sept nouvelles, toutes publiées dans *La Revue de Belgique*[4], parurent entre avril 1883 et novembre 1886. La raison principale de cet oubli semble être le

---

[1] Nous déplorons de n'avoir pu nous procurer un portrait de l'autrice, car nous avons peine à imaginer que le fils Mercier n'ait pas, à quelque occasion, photographié sa mère.

[2] Il vivait alors avec sa grand-mère et sa mère, toutes deux veuves.

[3] On trouve donc aussi bien des Nizet que des Niset au sein de cette famille !

[4] Elles ont pour titre : « Le soufflet de la grand'mère » ; « Histoire d'une fille de ferme » ; « Ceux des campagnes » ; « Une agonie » ; « La déconvenue de Monsieur Boniface » ; « Comment on oublie » ; « Une vie d'enfant ». Les références précises sont données dans la liste des œuvres de l'autrice que vous trouverez plus loin.

changement de nom de plume, puisque Marie les écrivit sous son seul nom d'épouse.

Nous ne nous attarderons pas sur ce riche corpus, que nous vous invitons évidemment à lire : comme l'écrit Maëlle De Brouwer, « [l]es histoires sont situées dans la campagne flamande et wallonne, mettent souvent en scène des fermiers et des domestiques. Toutes se rejoignent par la présence de la mort. »[1] La dernière de ces sept nouvelles, « Une vie d'enfant », publiée en deux parties, mérite toutefois quelques remarques, eu égard à ses liens forts avec la vie et la famille de Marie Mercier-Nizet. Elle donne en effet à lire des scènes touchantes écrites en mémoire de son neveu : il s'appelait Antoine Louis Mercier, comme son oncle[2] – l'époux de Marie donc ; il était né à Herchies, tout comme lui. Mais le destin le fit mourir prématurément à l'âge de 15 ans[3]. Une relation de tendresse unissait manifestement Marie et son neveu, qui, dans un passage touchant, s'enquiert du sort de sa tante. C'est l'occasion pour l'autrice de faire son autoportrait à travers les yeux des autres :

> Mais dans son cerveau trop jeune, les tristesses passaient encore fugitives, et sa pensée fut autrement distraite. Il s'informa, timidement, n'osant presque : Est-ce qu'elle ne venait plus ici, sa tante de Bruxelles, la femme de son oncle, une brune, très mince, avec des yeux gris, oh ! vous savez bien, Marie ?...

---

[1] Maëlle De Brouwer, « *Pour Axel de Missie* (1923) par Marie Nizet. L'œuvre d'une Sapho "Fin de siècle" belge ? », in *Textyles, revue des lettres belges de langue française*, n° 55, 2019, p. 183.

[2] Celui qui est appelé Louis tout au long de la nouvelle était le fils de la sœur d'Antoine Mercier, Fulvie Mercier (1845-1889).

[3] Né le 31 janvier 1870, il mourut à Manage le 8 février 1885.

Marie ? Oh non ! Qu'est-ce qu'on lui dirait d'elle ? On ne l'aime guère, cette *bourgeoise* pâlotte, délicate, le nez toujours dans les livres. Allez, m'fieu[1], c'est une *naxieuse*[2] pour qui notre beurre est trop salé !

Ça lui est égal. Il l'aime, lui ; et c'est parmi ses bons souvenirs qu'est le jour où un hasard les avait faits libres tous les deux, et réunis.[3]

Outre l'hostilité patente de cette partie de la famille à son endroit, on retiendra de ce passage un détail, les yeux gris de Marie, qui anticipe le poème XX de *Pour Axel*, « Le Gris et le Bleu », et rappelle son dernier quatrain :

Traînant, entre de mornes crises,
Le poids de mon cœur soucieux,
Je n'ai vu que des choses grises
À travers le gris de mes yeux.

On constate, il est vrai, que les années qui suivirent le mariage de l'écrivaine marquèrent pour elle un certain déclin et son retrait progressif, puis définitif – avant un sublime sursaut final des décennies plus tard – de la scène littéraire. Dans les cercles savants, on regretta la disparition assez brutale de l'autrice en pleine ascension : Lya Berger parle ainsi de « prémices de bon augure », lesquelles n'ont pas laissé place à « l'éclosion d'œuvres nouvelles que le public se croyait en droit d'attendre ! » (*op. cit.*, p. 82). Elle partage les regrets de

---

[1] Contraction et déformation de « mon fils ».

[2] Aussi orthographié *nâreuse* ou *naireuse*, ce mot signifie « vite dégoûtée en matière de nourriture », d'après le *Dictionnaire des belgicismes. Inventaire des particularités lexicales du français en Belgique* (1994).

[3] *Revue de Belgique*, 18e année, t. 54, 15 octobre 1886, p. 165.

Marguerite van de Wiele (1857-1941), écrivaine et journaliste belge, qui parle d'un « espoir déçu »[1], et ceux de Gabrielle Remy, qui les formule en ces termes : « Et puis… la vie s'empara de la jeune poétesse dont l'œuvre s'annonçait si brillante, si caractéristique »[2].

Le silence et le tonnerre

Oui, la vie s'empara de la poétesse, dont on avait, pendant longtemps, perdu la trace à la fin du XIXe siècle, jusqu'à son retour en force au début des années 1920. Mais les recherches approfondies de Luc Andries ont mis au jour divers registres de l'état civil et almanachs, qui nous permettent désormais de suivre, en partie, le parcours de Marie Mercier-Nizet. Nous savons que, sans doute après la mort de son père, chez qui elle vivait depuis 1888, elle s'installa en 1899 dans une demeure au 56, rue du Châtelain à Ixelles : elle y vécut un temps avec son fils Émile, qui atteignit sa majorité et se maria en 1902, sa mère Marie, qui décéda en novembre[3], et sa belle-fille Léonie. Ensuite, on retrouve notre autrice à Ixelles, dans d'autres logis ; à Zaventem à la toute fin de l'année 1908 puis à Boitsfort[4] (c'est là qu'avaient déménagé Émile et sa famille en 1906, dans une rue qui changea de nom et devint la rue des Archives) où elle habita sûrement quelques années, à par-

---

[1] Citée par Lya Berger, *op. cit.*, p. 82.

[2] Gabrielle Remy, « Les Femmes Poètes de la Belgique », in *La Revue belge*, 3e année, t. 3, n° 1, 1er juillet 1926, p. 543.

[3] Ces événements facilitèrent sûrement ses différents changements d'adresses par la suite.

[4] Ces lieux se trouvent à proximité de Bruxelles.

tir d'octobre 1909 ; puis, après une interruption des données, de nouveau à Zaventem, bien plus tard, de 1919 à 1921 ; et enfin à Boitsfort à partir de l'été 1921, au 46, rue des Archives – c'est bien cette adresse que portent les deux cahiers manuscrits de *Pour Axel*, la lettre de 1921 ainsi que l'acte de décès de la poétesse. Mis à part les éléments proprement administratifs, le reste repose pour l'instant sur des éléments purement littéraires. S'ouvre donc ici la partie la plus conjecturale de notre étude, la plus ardue à éclaircir, tant les informations sont lacunaires ou sujettes à caution.

Une certitude éclate toutefois, une seule, lumineuse : celle de *la* rencontre, qui fait basculer la vie de Marie. Un beau jour, elle fait la connaissance d'un officier de marine dans lequel elle reconnaît le sosie du peintre flamand Antoon Van Dyck, cet artiste qu'elle révère : il a pour nom Cecil-Axel Veneglia. Sans doute plus jeune qu'elle[1], il était né dans les Îles de la Sonde, situées entre l'Océan indien et l'Océan pacifique, d'un père hollandais et d'une mère anglaise, Gladys Mac Allen, mentionnée dans le huitième poème de *Pour Axel*. Voici comment Georges Rency (1875-1951), l'éditeur de *Pour Axel*, décrit la scène dans un article de 1923[2], car il eut l'incroyable privilège de lire l'évocation en prose, rédigée par l'écrivaine, de la grande relation amoureuse qui unit Marie à Axel[3] :

---

[1] Il nous a été impossible de déterminer sa date de naissance.

[2] Georges Rency (pseudonyme d'Albert Stassart), « *Pour Axel*, par Marie Mercier-Nizet », in *L'Indépendance belge*, 94e année, n° 133, 13 mai 1923, p. 2. Il devint membre de l'Académie royale de langue et de littérature françaises de Belgique en 1930.

[3] Cet écrit, qui n'avait pas été publié à l'époque, contiendrait le récit détaillé de leur aventure. Malheureusement, nous n'avons aucune trace, aujourd'hui, de ce singulier récit… Est-il resté en

> […] après une jeunesse triste, tourmentée d'aspirations vers l'inconnu qui délivre du réel et du lamentable joug quotidien, elle rencontre, par hasard, chez des amis, un officier de marine hollandais, et c'est, à la lettre, le coup de foudre. Dès le premier regard, elle est prise, conquise, envoûtée. Elle l'a vu et elle l'a trouvé beau. Tout de suite elle a eu, impérieux, irrésistible, le désir d'être serrée dans ses bras, d'être sa chose pour la vie et pour l'éternité. Cet appétit de volupté, comme la femme, d'ordinaire, le dissimule ! Avec quel soin hypocrite elle le dérobe sous de belles phrases, où il est question d'élan des âmes et de communion des esprits ! Il s'agit ici de tout autre chose. C'est une chair ardente qui appelle une autre chair, et qui réclame le plaisir, mais un plaisir dont l'acuité formidable aura déjà l'avant-goût des voluptés de l'Au-delà.

Le tonnerre évoqué dans notre titre, c'est donc celui provoqué par un coup de foudre, par un éclair qui embrase et laisse une trace indélébile. Face à ce Jason qui vogue lui aussi sur les mers, Marie, telle Médée, est frappée par la flèche décochée en plein cœur par Éros. Quelques décennies plus tard, *Pour Axel* ne sera rien d'autre que l'écho littéraire, obscurci par la pesanteur de la mort, de ces amours naissantes. Quant au silence, c'est évidemment celui qui entoure toute cette vaste période (plus de trente ans !) allant de 1887 à 1920 où Nizet ne publia pas une ligne et qui rend difficile toute interprétation. Mais cette idylle passionnée ne la coupe pas pour autant de l'écriture : comme elle le note elle-même dans une lettre fondamentale datée du 20 octobre 1921[1], c'est « [p]our [s]on plaisir personnel – et

---

possession des descendants de Rency/Stassart, qui avait conservé les cahiers autographes reproduisant le texte de *Pour Axel* ? A-t-il été brûlé ? perdu ?

[1] Adressée à l'écrivain belge Gustave Vanzype (1869-1955), qui fut membre de l'Académie royale de langue et de littérature fran-

bien loin de Belgique – [qu'elle a] continué à tremper [s]a plume dans l'encre », ce qui confirme du même coup assez nettement son départ, sûrement pour les îles indonésiennes, sur lequel nous reviendrons plus loin.

En l'état actuel de nos connaissances, la rencontre des deux amants, de même que la mort d'Axel, reste impossible à dater *précisément*. Pour formuler quelques raisonnables hypothèses, nous devons mentionner les rares éléments datés que nous possédons. Les premiers, proprement littéraires, sont les dates fournies à la fin de chacun des cinq poèmes[1] parus sous le sobre titre d'« Axel » dans la revue *Le Flambeau* en 1921 sous le pseudonyme de Missie Nizal[2]. Si l'on accorde quelque valeur à ces dates, il apparaît que l'écriture des poèmes a commencé *au plus tard* en 1908, donc qu'Axel et Marie, qui approchait de ses 50 ans, se connaissaient déjà à cette date-là. Nous oserons aller jusqu'à croire qu'il n'est pas anodin que Marie se soit installée un temps dans la ville de Zaventem[3] : il s'agit en effet de la ville où Van Dyck séduisit Isabelle Van Ophem – une aven-

---

çaises de Belgique, elle est reproduite à la fin de la partie biographique de notre introduction.

[1] Il s'agit des poèmes suivants : « La Voix » (1908), « Le Verre et la Tasse » (1913), « *L'Insulinde* » (1914), « L'Arbre » (1920) et « La Mémoire » (1921). Tous sont repris dans *Pour Axel*.

[2] *Le Flambeau. Revue belge des questions politiques et littéraires*, Bruxelles – Paris, Lamertin – Berger-Levrault, 4e année, t. 2, n° 6, 30 juin 1921, p. 251-256. Les directeurs de la revue étaient Henri Grégoire et Oscar Grojean. Une remarque s'impose : Marie, sûrement tiraillée entre la volonté de rester discrète et de faire exister aux yeux des autres son amour pour Axel par le biais de la publication des poèmes qu'elle lui a dédiés, préfère modifier son nom, bien que l'on fasse, du moins *a posteriori*, aisément le lien entre Nizal et Nizet.

[3] Ce nom est orthographié *Saventhem* dans *Pour Axel*.

ture que la poétesse raconte à travers la bouche même d'Axel, dans le poème XXII, « Une Histoire » ! Le choix de ce lieu de résidence aurait pu être dicté par l'attachement de Marie à cette mythologie personnelle dont elle entoura sa relation avec son amant.

Dans les deux premiers poèmes du *Flambeau,* Axel est encore vivant. Le troisième, « *L'Insulinde* », qui désigne tout à la fois le lieu de naissance du marin et le nom de son navire, évoque en revanche son trépas : or il est daté de 1914. Nizet a évidemment pu réécrire la chronologie *a posteriori,* mais, de même qu'Hugo n'a pas falsifié, dans ses *Contemplations,* la date fatidique de la mort de sa fille Léopoldine[1], il est fort peu plausible que l'écrivaine ait choisi de ne pas révéler la funeste vérité de ce point de non-retour. D'après l'article de Georges Rency, Axel mourut à Java, en l'absence de son aimée[2]. Il n'est nulle raison de mettre en doute la

---

[1] Nous pensons qu'il n'est en rien anodin qu'une ligne de points soit présente, dans *Le Flambeau,* juste avant la dernière strophe de « *L'Insulinde* », qui fait état de la mort du « Capitaine ». C'est par ce même procédé que l'illustre prédécesseur de Nizet avait signifié la mort de sa fille dans le poème « 4 septembre 1843 » du livre IV, intitulé *Pauca meae,* de son recueil de 1856.

[2] « Un jour, il ne revint pas. Une mort soudaine l'avait terrassé, à Java. Missie était en Europe quand elle apprit la nouvelle. Elle partit aussitôt pour aller baiser la pierre sous laquelle dormait à jamais son ami. Et elle s'occupa de faire revivre celui-ci en deux confessions, l'une en prose, l'autre en vers, de façon à ce que le mort vécût tout d'abord avec elle jusqu'à sa propre fin, et continuât de vivre après, peut-être, si elle était capable de donner à sa figure un suffisant relief. Sent-on, à présent, la qualité exceptionnelle de cette poésie et qu'elle ne peut être jugée d'après le critère habituel ? Lamartine dans le "Lac", Victor Hugo, dans les poèmes où il évoque le fantôme adoré de sa fille, ont seuls fait un effort aussi émouvant pour sauver un être de la destruction totale et de l'impitoyable oubli » (art. cit.).

parole du Belge, dans la mesure où il put prendre connaissance du contenu du récit en prose rédigé par l'écrivaine ; mais on se demande alors où celle-ci se trouvait exactement au moment du trépas de son Axel. Rency précise que Marie – qu'on qualifiera volontiers de veuve pour la seconde fois, tant elle aima Axel et porta le deuil pour lui – s'empressa de se rendre sur la tombe de celui-ci. On pourrait très bien imaginer que cette femme follement amoureuse, qui attendait, en Belgique, le retour de son marin adoré, s'en alla à Java dès qu'elle apprit le décès inopiné. Or l'invasion de la Belgique l'empêcha peut-être de rentrer au pays en toute tranquillité, ou du moins l'en dissuada. Ce ne serait alors qu'une fois la situation stabilisée dans son pays qu'elle aurait fait le voyage retour.

En tout cas, le premier cahier autographe de *Pour Axel*, au sujet duquel vous trouverez d'abondants détails à la fin de notre ouvrage, porte l'inscription finale suivante, qui permet d'en apprendre davantage sur le contexte d'écriture de l'ultime œuvre de Nizet : « Soerabaja[1]-Lisbonne, 191... », 1919 étant bien sûr la date la plus tardive pouvant être représentée par les points de suspension. Tout porte donc à croire que Marie voyagea bel et bien jusqu'à l'autre bout du monde et vécut là-bas durant d'assez longues périodes (certainement quelques années), qu'elle séjourna à un moment donné au Portugal (Lisbonne étant sans doute le point d'entrée en Europe depuis l'Asie pour un voyage en bateau), où elle mit, semble-t-il, un point final à son recueil,

[1] Soerabaja est la graphie néerlandaise de Surabaya, ville portuaire d'Indonésie située sur l'île de Java et colonie néerlandaise jusqu'à la Seconde Guerre mondiale, ce qui explique la présence d'Axel là-bas.

et qu'elle revint enfin en Belgique, probablement en 1919. Mais tout cela n'est qu'hypothèse !

Le fait est que Nizet écrit, dans la lettre de 1921 susmentionnée, qu'elle est « revenue depuis peu en Europe ». Il semble ainsi raisonnable de penser qu'elle est rentrée en Europe à la faveur de la fin du premier conflit mondial. Dans le post-scriptum de la lettre, elle ajoute ceci : « Je n'ai plus vu mon frère depuis quinze ans et ne le reverrai plus — ». Si cette indication est exacte, Marie n'a alors pas côtoyé son frère depuis 1906. En somme, pour l'ensemble de la période allant de 1903 à 1921, les occupations exactes et les potentiels voyages de la Belge demeurent de fait frappés d'incertitude : les hypothèses fourmillent sans que nous parvenions à élucider complètement l'énigme que nous offre cet être singulier – et c'est tant mieux ! Aussi, malgré les nouveaux éléments qui sont venus s'ajouter aux données que nous possédions, convient-il de prendre toutes les précautions nécessaires au sujet de ses déplacements… et d'espérer que de nouvelles informations compléteront un jour ce tableau à trous. Une véritable enquête, donc, et hautement passionnante !

Jusqu'au dernier souffle

Mais voilà que Marie Mercier-Nizet est définitivement de retour sur sa terre natale. À partir de 1919, comme nous l'avons vu, elle occupa un logement à Zaventem. En 1921, nous la retrouvons à Boitsfort, au 46, rue des Archives. Non loin d'elle vivait le couple Gilson de Rouvreux. Connue notamment pour deux volumes de prose, *Celles qui sont restées* (1920) et *Le Merveil-*

Ieux Été (1922), dans lequel une femme renonce à l'adultère, Cécile Gilson[1] – tel est son nom de plume – s'était liée d'amitié avec sa compatriote : Gilson tenait en effet très régulièrement des salons littéraires, les « *samedis* », soit dans un hôtel particulier rue du Trône, à Ixelles, soit, à la belle saison, dans sa Villa du Lac à Boitsfort.

C'est elle qui prit soin de son amie durant ses pénibles derniers mois et transmit sans doute le manuscrit de *Pour Axel*, confié par Marie, à Georges Rency, lequel se chargea par la suite de sa publication. Lya Berger, qui se consacrait à l'écriture de son ouvrage sur les poétesses belges, raconte (*op. cit.*, 83 sq.) qu'elle entra en contact avec Cécile Gilson quand elle apprit le retour, « après une absence de longues années », de Marie Mercier-Nizet, qui rapportait « de sa retraite mystérieuse

[1] Née à Ixelles le 4 mai 1880, elle était la fille du directeur du Musée des sciences naturelles de Bruxelles. Après avoir épousé un avocat, elle fut infirmière lors de la Première Guerre mondiale. Elle décéda quelques mois après Marie, le 9 avril 1923. Pour davantage de détails sur cette autrice, voir Henri Puttemans, « Rêverie sur Cécile Gilson. Pour le premier anniversaire de sa mort (9 avril 1923) », in *La Revue belge*, t. 2, n° 1, 1er avril 1924, p. 29-40 ; Camille Hanlet, « Cécile Gilson de Rouvreux », in *Les Écrivains belges contemporains de langue française*, t. 1, *1800-1946*, Liège, Dessain, 1946, p. 478 ; et Cécile Vanderpelen, « Dupont Cécile, en lettres Cécile Gilson (1880-1923), épouse Gilson de Rouvreux », in *Dictionnaire des femmes belges. XIXe et XXe siècles*, Éliane Gubin, Catherine Jacques, Valérie Piette et Jean Puissant (dir.), Bruxelles, Racines, 2006, p. 221-222. On consultera avec profit la thèse de Vanessa Gemis sur cette période d'effervescence de l'écriture féminine en Belgique : *Femmes de lettres belges (1880-1940). Identités et représentations collectives*, thèse de doctorat, sous la direction de Paul Aron, soutenue à l'Université libre de Bruxelles, 2009.

à l'étranger les pages d'un recueil de vers qu'on disait destinés à faire sensation » :

> Une romancière moderne de valeur, sa jeune amie, Mme Cécile Gilson, avait bien voulu aussi, en janvier 1923, me donner quelques détails complémentaires sur celle qui m'intéressait. Dans une lettre de douze pages, l'émouvant auteur du *Merveilleux Été* vante le cœur chaud, généreux, fidèle, l'esprit supérieur de celle pour qui elle professait elle-même une tendre et vive admiration, sans doute parce qu'une réelle affinité liait ces deux êtres aux qualités supérieures.
>
> Pauvre Cécile Gilson ! Elle n'a pas tardé à suivre dans l'au-delà sa grande amie, sa « chère Missie » dont elle me disait : « Faites-la connaître, faites-la aimer ; elle le mérite tant ! Jamais on ne saura ce qu'elle valait ! »

Le texte de *Pour Axel* fut ainsi sauvé de l'oubli grâce à l'amitié de Cécile Gilson. Le soin apporté par Marie Nizet à la copie manuscrite du recueil qui donna naissance au second cahier olographe et les diverses retouches – on s'en convaincra facilement grâce à la consultation des copieuses « Notes sur l'établissement du texte » en fin d'ouvrage – montrent à quel point la poétesse travailla *ad unguem* ses vers, jusqu'au bout, pour faire honneur à celui à qui elle les dédiait. Le quarantième et dernier poème de la version imprimée du recueil, « L'Insomnie », pièce à part qui n'existait pas dans les cahiers manuscrits, fut même retrouvé – c'est du moins ce qu'affirme Rency – sur le lit de mort de la femme de lettres.

Marie Mercier-Nizet s'éteignit, « dans un état d'épuisement moral, physique et matériel »[1], le 10 mai 1922[2] à onze heures trente du soir, « âgée de soixante-trois ans, trois mois et vingt-un jours », comme l'indique son acte de décès rédigé le 12 mai et faisant état d'une mort survenue au 176, chaussée d'Etterbeek, à Etterbeek, où se trouvait une polyclinique universitaire appelée Dispensaire des artistes. Elle fut inhumée à Watermael-Boitsfort le 13 mai. Les circonstances exactes de cette mort demeurent drapées de mystère.

Le cycle amoureux ou le chef-d'œuvre d'un cœur en émoi

L'histoire ne s'arrête cependant pas là, puisque, tout comme Marie a voulu prolonger l'existence d'Axel en couchant son histoire sur le papier, le recueil continue du même coup l'histoire de la poétesse par-delà la mort. Nizet semble être revenue de terres lointaines avec la ferme intention de ne pas priver la postérité du récit de ses amours : sa lettre d'octobre 1921, qui men-

[1] D'après Lya Berger, *op. cit.*, p. 83. Georges Rency, quant à lui, affirme dans son excellent article qu'elle est morte « après avoir longtemps et terriblement souffert d'un de ces maux qui ne pardonnent pas et consument la vie avant de l'éteindre »…

[2] Comme nous l'avons souligné précédemment, plusieurs écrits mentionnent la mort de la poétesse à des dates différentes. Grâce à son acte de décès officiel, aucun doute n'est permis et il est désormais clairement établi que c'est le 10 mai qui est la date correcte.

tionne « deux manuscrits qui [lui] tiennent à cœur »[1], met en lumière sa volonté de présenter l'un d'eux à un concours[2], certainement en vue de sa publication. Quoi qu'il en soit, son œuvre en vers trouva son chemin jusqu'à son lectorat : dans un premier temps, *Pour Axel* étonna autant qu'il charma les membres de ce que Georges Rency nomme, dans son article, le « Jury officiel chargé d'allouer des primes d'édition aux meilleurs ouvrages inédits d'auteurs belges ». Cette approbation permit à l'ouvrage de paraître aux Éditions de la Vie intellectuelle, fondées par le même Rency[3].

« Il est comme il est », déclare sans ambages l'amoureuse écrivaine au sujet de son recueil. Écrits avant tout pour elle, pour *Lui*, les poèmes osent dire, avec la même force, le désespoir et la passion amoureuse, sans jamais tomber dans l'impudeur. Missie – c'est le « nom d'amour du poète », comme l'écrit Rency, mais aussi la *persona* littéraire d'un *je* lyrique qui s'affirme puissamment – s'y livre en toute liberté, sans (trop) se soucier des jugements littéraires et moraux qu'on portera sur son œuvre. La critique n'embarrasse de toute façon que peu les morts et Marie semble avoir tenu – c'est du moins ce qui est affirmé çà et là – à ce que le recueil paraisse après son départ pour rejoindre Axel sur les

---

[1] On ne peut qu'y voir le récit en prose et le récit en vers de son aventure avec celui qui devint *l'axe* de sa vie, pour reprendre le bon mot, sans doute intentionnel, de Lya Berger.

[2] Le concours Melville, à propos duquel nous n'avons malheureusement pas trouvé davantage de détails. Il en va de même pour le « Loti » mentionné. En revanche, derrière l'auteur qui parle des « obscènes pudeurs » se cache probablement le poète symboliste belge Albert Giraud (1860-1929), qui rédigea aussi la préface de *Celles qui sont restées* de Cécile Gilson.

[3] *La Vie intellectuelle* fut d'abord une revue.

rivages éternels... La Mort, qu'elle voyait certainement se rapprocher, lui a offert son blanc-seing et lui a conféré la force de présenter au public les mouvements de son âme dans leur pleine lumière, du bonheur salvateur au désespoir abyssal[1], de la sensualité vive au troublant désir nécrophile, de la soumission amoureuse à la puissance de l'écriture, du matérialisme hédoniste à l'ultime prière adressée au Christ, tout ce qui, en bref, fait la richesse de ce recueil nonpareil.

Saisissons d'ailleurs l'occasion pour préciser deux points importants : d'abord, il ne fait aucun doute que le véritable titre de l'œuvre est *Pour Axel* et non *Pour Axel de Missie*[2]. Nous avons toutefois conservé ce second titre, qui a eu tendance à se répandre dans la critique récente, en un seul endroit de notre édition : la page où est notée l'*in memoriam* en l'honneur d'Axel. C'est, nous semble-t-il, plus que tout autre le lieu légitime de la réunion des deux amants. Nous aimons d'ailleurs à voir dans « Missie » – pure hypothèse – un surnom à valeur hypocoristique dérivé du mot anglais *miss*, « mademoiselle », quoique l'on trouve plus souvent *missy*[3] dans ces cas-là au sein du monde anglophone. Axel, ne l'oublions pas, était d'origine anglaise par sa mère.

---

[1] Il nous semble que le suicide est évoqué par deux fois, à mots couverts, dans le recueil, cf. XXXVII, v. 26 et XXXIX, III, v. 12.

[2] Le détail de la réflexion menant à cette ferme conclusion figure dans les « Notes sur l'établissement du texte ».

[3] Mais cette orthographe permet l'homographie finale entre Mar*ie* et Miss*ie*. Le jeu de mots pourrait aussi provenir de l'abréviation anglaise *Mrs*, qui signifie « Mme ». En tout état de cause, nous ne pensons pas que ce soit Cécile Gilson qui soit à l'origine de ce surnom et préférons faire confiance à Rency, qui eut accès aux meilleures informations.

Ensuite, il nous fallait choisir la forme du nom de l'autrice tel qu'il serait mentionné sur la couverture de notre ouvrage : l'utilisation de « Mercier-Nizet » apparaissait, à tous égards, comme étant la solution la plus « légitime », puisque c'est le nom choisi dans l'édition de 1923 et que, surtout, Marie elle-même, en tant que veuve, signe ainsi les deux cahiers reproduisant le contenu de *Pour Axel*. Après mûre réflexion, il nous a toutefois semblé qu'Antoine Mercier n'avait pas vraiment – et même *vraiment pas* – sa place dans l'histoire de ce livre et que l'absence d'un jugement administratif prononçant le divorce ne devait pas prévaloir sur la réalité des sentiments puissants d'une femme à l'égard de son amant, à qui elle se donna tout entière. Peut-être nous reprochera-t-on, ce qui n'est certes pas tout à fait faux, d'introduire dans tout cela une forme de morale que l'autrice elle-même, de toute manière veuve, dépassa largement… Néanmoins, la parution du recueil étant posthume, personne ne peut affirmer que la poétesse, qui avait privilégié la forme « Nizal », fardée certes mais somme toute très claire, en 1921, n'aurait pas choisi d'utiliser seulement son nom de naissance. Concluons en avouant que le meilleur choix serait encore tout simplement « Marie », dans la nudité même du prénom qui exprime l'intimité et fait écho à ce titre d'une désarmante simplicité : « Pour Axel ».

En ce qui concerne l'accueil de *Pour Axel*, les critiques furent, dans leur grande majorité, très positives : on vante la qualité du travail poétique, le traitement subtil et fort peu commun du thème amoureux. Tantôt c'est sa valeur avant-gardiste qui est retenue, tantôt c'est le rapprochement avec d'autres figures féminines qui ont traité l'amour ou la sensualité de manière moderne, à l'instar de Marguerite Burnat-Provins (1872-

1952) ou d'Anna de Noailles (1876-1933), qui est mis en évidence. On prévient parfois le lectorat que le livre, plein d'exaltation et de hardiesse, n'est pas à mettre entre toutes les mains ! Car il est vrai que, dans ces pages, « une femme amoureuse parle de son amant, comme un amant parle de sa maîtresse », comme le souligne avec justesse Georges Rency : c'est déjà là une petite révolution.

Il n'est pas étonnant de voir que, dans les encyclopédies, anthologies et dictionnaires qui font une place à Marie Nizet, c'est *Pour Axel* qui apparaît systématiquement, parfois même comme son unique œuvre. Lya Berger estimait déjà en son temps que « [c]ette œuvre donne, enfin, à la disparue, la place de premier rang qu'elle mérite dans les Lettres belges » (*op. cit.*, p. 84)[1]. Espérons que, cent ans plus tard, la nouvelle édition de ce fabuleux recueil, d'une tendresse infinie et d'une vigueur inégalée, permette à Marie Nizet de retrouver cette place de choix !

---

[1] La poétesse française exprimait d'ailleurs fort élégamment une opinion que notre édition reprend volontiers à son compte : « Il est, par contre, entre les poètes, un devoir de fraternité qui s'impose : sauver de l'oubli ceux d'entre eux dont la destinée ne favorisa pas le rêve, rallumer, dans la mesure du possible, la flamme vacillante de leur étoile et les faire aimer pour le cri d'amour qu'ils ont jeté sur le monde » (*op. cit.*, p. 83). Noble tâche, s'il en est !

Boitsfort le 20 octobre 1921

Monsieur Van Zype,

Je joue cartes sur table.
Ma signature vous rappellera de bien anciens souvenirs !
Revenue depuis peu en Europe, j'ai pu ignorer l'annonce des journaux et Mr Melville ne m'avait pas parlé d'un aussi bref délai.
Pour mon plaisir personnel – et bien loin de Belgique – j'ai continué à tremper ma plume dans l'encre.
J'ai cependant deux manuscrits qui me tiennent à cœur, l'un d'eux a, sous cette forme, reçu l'approbation flatteuse de Loti – et je peux la croire tout à fait sincère puisqu'elle émane d'un "ours". Je désire présenter l'autre au Concours Melville.
Il est comme il est. Les "obscènes pudeurs dont parle Giraud, ne sont pas convoquées"

pour la lecture. Mme Melville le connaît.
Il me faut cinq à six jours pour le recopier.
Pouvez-vous encore le faire passer, dans ce délai ?
Je vous saurais gré de me faire tenir un mot de réponse.

Et bien à vous

Marie Mercier Nizet

46, rue des Archives – Boitsfort

P.S. Je n'ai plus vu mon frère depuis quinze ans et ne le reverrai plus —

Lettre de Marie Mercier-Nizet
à Gustave Vanzype (1869-1955)
datée du 20 octobre 1921.

Pour Axel, de Missie : brève étude littéraire d'un tombeau poétique d'exception

Il y aurait tant à dire de ce recueil qui, à défaut d'être un *hapax* littéraire, se présente à nous comme un objet d'une rare finesse : car, dans l'espoir de le faire échapper à l'oubli et aux griffes de la mort, une femme, mue par un ardent amour dont la perte l'a laissée inconsolable, y célèbre sans ambages et d'un bout à l'autre l'être dont, en dehors des liens du mariage, elle s'est éprise. Nous nous contenterons ici d'ébaucher les grands enjeux d'un ouvrage à nul autre pareil, en laissant de côté les considérations plus générales sur ses influences littéraires, qui mériteraient une étude plus approfondie.

Le recueil comprend en tout 40 poèmes (42 si l'on décide de séparer les trois poèmes de « Trois Étapes »), soit quelque 1280 vers, dont plus de la moitié sont des alexandrins et plus d'un tiers des octosyllabes. Malgré quelques constantes, comme un goût prononcé pour le quatrain, les structures strophiques et rimiques varient allégrement, cette diversité étant l'une des marques des évolutions de la poésie au cours des décennies qui ont précédé. À l'instar de Georges Rency, nous sommes convaincus que la poétesse a souvent remis sur le métier ses vers pour parvenir à la simplicité émouvante, gage de véracité poétique, qu'elle a atteinte dans son style. Jugeant que le recueil présente une forme « toute dépourvue d'"art" », comme le revendique Nizet dans « Résurrection » (XXXVI, v. 20), l'éditeur du recueil précise que « son but [...] ne fut pas d'atteindre à des "effets littéraires" » mais bien de « rendre, sans aucune fausse note, le son authentique de son âme » (art. cit.).

Comme nous l'avons déjà mentionné, il est de bonne méthode de distinguer l'autrice elle-même de l'instance énonciative qui dit *je* dans les poèmes et qu'on pourra, par commodité, nommer Missie, tout à la fois « nom d'amour » et *persona* littéraire. Fait bien connu, l'écriture de soi se brode toujours de quelques fils de fiction, à mesure que le *moi* se réinvente sur la page, façonné par l'acte de l'écriture. Toute autobiographie altère en partie la réalité, et *Pour Axel* n'y échappe pas. Bien plus, un sublime paradoxe veut que le plus intime touche à l'universel : en livrant un témoignage unique sur la psyché d'une amante endeuillée, le recueil ne parle plus seulement de Marie et d'Axel, mais de nos amours, de nos deuils, par-delà le carcan étroit des personnalités, mais aussi des sexes et des genres. Il dépasse ainsi largement le strict cadre biographique qui est le sien, situé temporellement, géographiquement et hétéronormativement. Bref, dans ce testament littéraire, qui nous est lui-même parvenu d'outre-tombe, Marie nous lègue son amour, qui se réfracte dans nos propres cœurs. Transcendant l'égarement émotionnel, cet *espace à elle* lui permet de trouver une assise, à partir de laquelle elle recouvre sa voix poétique, qui s'était tue.

En cela, *Pour Axel* répond parfaitement à la définition du lyrisme donnée par le poète et professeur Jean-Michel Maulpoix dans son essai fondamental sur le sujet[1] :

[1] Jean-Michel Maulpoix, *Du lyrisme*, Paris, José Corti, « En lisant en écrivant », 2000.

> Le lyrisme est la voix d'un individu auquel l'expérience infinie du langage rappelle sa situation d'exilé dans le monde, et simultanément lui permet de s'y rétablir, comme s'il pénétrait grâce à elle au cœur de l'énigme qui lui est posée par sa propre condition.

Exilée du monde et d'elle-même par la perte irrémédiable de l'être aimé, la poétesse se saisit de sa plume comme de l'unique bouée de sauvetage face aux abysses du désespoir. *Pour Axel* représente ainsi bien davantage qu'une simple longue lettre d'amour exaltée : c'est aussi un questionnement sans concession sur notre condition mortelle, sur le destin de l'amour face à la mort, sur la possibilité même de la sublimation de la douleur. Toute la puissance du recueil réside là.

Heurs et malheurs d'une passion absolue

Un fil narratif parcourt le recueil : le substrat chronologique distingue un début, avec la présentation du destinataire du recueil et les moments heureux partagés avec lui ; un milieu, marqué par la déchirure due à la mort de celui-ci ; et, après les tourments, une fin, (l'approche de) la mort de la poétesse elle-même. Quoique le nom « Axel » n'apparaisse que trois fois au sein du recueil, le titre et la présence de la deuxième personne[1] ne laisse aucun doute sur le fait qu'il s'agit bien là d'une parole adressée, d'un cri jeté à pleins poumons afin qu'il traverse le voile séparant les vivants des morts. Le destinataire, avant même le lectorat, ne peut, ne doit

[1] Missie vouvoie Axel.

être qu'Axel. Dans ce dialogue entre Missie et ses souvenirs[1], orchestré autour d'un absent dont la présence brûle à chaque instant, le *je* lyrique se met en scène, se dénude, se débat : c'est seulement à ce prix-là que pourra s'opérer une réappropriation de soi.

Les premiers poèmes, qui décrivent un Axel vivant (peut-être les avait-il lus) et la joie de sa présence aux côtés de Marie, ont souvent été jugés d'une qualité moindre, par rapport à la suite du recueil : nous avons sans doute trop souvent l'habitude de préférer les accents du malheur à ceux du bonheur ! Il est indéniable, néanmoins, que la partie qui suit la mort d'Axel présente des traits fort originaux dans les arabesques de la douleur. Quoi qu'il en soit, tous les poèmes affirment avec force la certitude absolue de l'amour : qualifié de « bien le plus cher [qu'elle] avai[t] au monde » (XXV, v. 18), Axel représentait tout pour Missie, qui durant toutes ces années fut, pour ainsi dire, bien plus une Veneglia (nom de famille d'Axel) qu'une Nizet ou une Mercier.

« [U]n soir de printemps » (III, v. 27), le double du peintre Van Dyck, qu'elle admire, apparaît devant elle et vient, magnifique, incarner ses amours imaginaires : il a de « larges yeux doux » (I, v. 7), une « bouche sensuelle et tendre » (I, v. 8), un « beau front hautain » (I, v. 10), des « sourcils droits » (I, v. 15), une moustache blonde, la joue rose, la voix « fraîche et pure » (V, v. 10), une « beauté de jeune dieu » (XVI, v. 3), des « cheveux blonds qui sentent le thé » (XIX, v. 12) et qui resplendissent tel l'or, des « yeux bleu-lavande » (XXX, v. 28), un sourire pareil à un « rayon de soleil » (XXX,

---

[1] Rency exprima le sentiment qu'« elle n'écrivait que pour elle-même et pour elle seule » (art. cit.).

v. 29), un visage doux à la « beauté délicate et trop parfaite » (XXXIV, v. 3). Axel est ainsi paré de toutes les beautés, délicat comme un infant, fier comme Don Juan. Car, tout comme Van Dyck à Saventhem dans « Une Histoire »[1], il séduit, il suscite le désir, il chaparde les cœurs.

Or, chez ce jeune homme, à l'apparence extérieure correspond un esprit aussi beau que bon. Le poème XX, « Le Gris et le Bleu », qui conditionne les affects de l'âme à la couleur des yeux, donne à lire une belle éthopée des deux amants : face à une Marie, dont les yeux gris cherchent à percer le mystère des choses, mais qui ne peuvent s'empêcher de voir « le spectre du lendemain », Axel, « [l]e meilleur entre les meilleurs », considère pour sa part la beauté des choses. À elle l'« âme âpre et profonde », la folie, le « don des pleurs », l'épine et l'obsession de la mort ; à lui le « beau cœur joyeux », la (supposée) sagesse, « le sourire en partage », la rose et la fête.

Fonctionnant à plein régime, le processus manifeste d'idéalisation de l'amant ouvre la voie à toutes les hyperboles, à toutes les métaphores : rien ne saurait ôter l'éclat de l'« [u]nique soleil de [l]a terre » de Missie. De toute évidence, la relation entre les deux se maintenait de manière asymétrique. Au-delà de la question de la soumission amoureuse, dont nous reparlerons plus loin et qu'il ne faudrait certes pas éluder, c'est l'absoluité de l'amour, à la hauteur de celui des grands personnages

---

[1] Dans ce poème, le plus long du recueil, Nizet donne la parole à Axel, qui lui raconte les aventures de Van Dyck et la manière dont il se fit aimer d'Isabelle Van Ophem. Par un saisissant effet de miroir, le deuil que porte Isabelle retranscrit celui de Marie à l'égard de la mort de son propre Van Dyck.

de la littérature, qui compte peut-être avant tout : Axel est devenu l'incarnation même de la soif d'un ailleurs qui tenailla l'autrice, éprise d'horizons lointains, durant tant d'années. Nous irons même jusqu'à considérer *Pour Axel* comme la mise en œuvre, salvatrice, de la quête d'un idéal poétique qui soit à la hauteur du sentiment amoureux.

Sensualités à vif

Hâtons-nous : Entassons les baisers, les caresses.
Crispons nos nerfs, brûlons notre sang en ivresses.
Jouissons sans remords et mourons sans regret.

Dans « L'Automne » (XI, v. 10-12), la poétesse livre son *credo* sous la forme d'un *carpe diem*. *Pour Axel,* dès sa parution en librairie en 1923, a frappé les esprits par l'ardeur bouillonnante et la franche audace qui se déploient dans ses pages. Rares ont été les poétesses à jeter une lumière crue sur leur désir charnel : certaines sont cependant parvenues à s'extirper, au moins en partie, des discours auxquels la société les assignait. On pense à Renée Vivien (1877-1909)[1] et à Lucie Delarue-Mardrus (1874-1945)[2], pour les amours lesbiennes ; ou

[1] Surnommée « Sapho 1900 » pour avoir donné beaucoup d'importance au saphisme dans ses œuvres, cette autrice, d'origine américano-britannique mais d'expression française, occupa une place prépondérante dans le Paris littéraire du tournant du siècle.
[2] Elle chanta son amour pour Natalie Clifford Barney (1876-1972) dans *Nos secrètes amours*, écrites entre 1902 et 1905, publiées sous le manteau en 1951 et rééditées par Mirande Lucien en 2008. Son recueil *Ferveur* (1902) sera bientôt réédité au sein de la « Bibliothèque poétique des femmes ».

encore à la Franco-Suisse Marguerite Burnat-Provins (1872-1952), qui chante son amant (et second mari), dans *Le Livre pour toi* et le *Cantique d'été*[1] ; à Cécile Sauvage (1883-1927), longtemps considérée uniquement comme la poétesse de la maternité, avant que le travail novateur de Béatrice Marchal ne vienne éclairer son œuvre d'une tout autre manière[2] ; et à Berthe de Nyse[3] (1876-1971), moins connue encore – hélas ! Maëlle De Brouwer résume bien l'ambivalence de cet aspect chez Nizet, puisque le dernier recueil de notre poétesse « entre dans la définition de la féminité (élans sentimentaux, émotion, épanchement de soi, etc.), en même temps qu'elle lui échappe (absence de pudeur) »[4]. Dans sa lettre de 1921, Nizet affirme ne pas avoir convoqué « les obscènes pudeurs » : car, à ses yeux, l'obscénité serait de ne pas dire la vérité de son cœur, son propos se situant par-delà la morale, là où

[1] Plusieurs de ses recueils feront également l'objet d'une réédition dans notre belle « Bibliothèque ».

[2] Tout un pan de son œuvre a été mis au jour dans le livre intitulé *Écrits d'amour* et paru en 2009 : ces textes demeurés secrets concernent le grand amour de Sauvage pour Jean de Gourmont (1877-1928), frère de l'écrivain Remy de Gourmont (1858-1915).

[3] Il s'agit du pseudonyme de Berthe Veil. En guise de savoureux exemple, on citera cet extrait du poème « Volupté », paru dans *Les Litanies de la chair* (Saint-Raphaël, Les Tablettes, 1922) :

> J'ai retrouvé le goût des caresses,
> Ma chair frémit sous ton baiser
> Ma lèvre en fièvre se tend vers ta lèvre
> Une musique passionnée fait chanter mon corps
> L'Hymne magnifique de l'amour monte de mon cœur à mes lèvres.
> La vie triomphe de la Mort, des charniers immondes
> Germent les fleurs. Je t'évoque, ô volupté ! [...]

[4] Maëlle De Brouwer, Pour Axel de Missie *par Marie Nizet (1923). Étude et réinsertion d'une œuvre littéraire*, mémoire de master, 2017, p. 104.

peut fleurir l'« amour libre et fier » (XIV, v. 8), et invincible, et « inoubliable » (XXXI, v. 24).

Le corps de l'amant occupe les pensées de sa compagne : de sa main qui fourmille, elle veut coucher sur le papier cette douce irritation des nerfs. L'éloge prend souvent la forme de blasons anatomiques qui s'éloignent toutefois des canons du genre : « La Bouche » (XVI) et « Les Mains » (XXXII) en sont des exemples aboutis, renvoyant à deux organes tout aussi sensuels l'un que l'autre. Mais le paroxysme de cette visée épidictique se loge dans un poème subtil et étrange, d'ailleurs le plus connu de Nizet, intitulé « La Torche » (XXXIII). Il commence ainsi : « Je vous aime, mon corps, qui fûtes son désir… », et la poétesse de poursuivre en énumérant les différentes parties de son être (des yeux à la chair, en passant par les bras, les doigts, le front, le cœur, sans oublier l'âme) qui ont admiré, touché, caressé, fantasmé ou même accueilli celui de son amant. La conclusion, elle aussi, frappe par ce superbe aveu : « Et puisque, ô mon amour, vous êtes tout en moi / Résorbé, c'est bien vous que j'aime si je m'aime. » Voilà une profession d'amour de soi tout à fait inouïe !

Comme souvent dans les textes amoureux, cette érotisation se noue dans une proximité avec la nature : en témoignent les poèmes IX à XII déclinant les quatre saisons comme autant d'étapes de l'amour. Le contact physique, tendre ou bien enflammé, l'importance de la jouissance, l'évocation de l'orgasme (XIII, v. 1-6), l'obsession de la présence de l'autre, le goût pour « l'ingénieuse luxure » (XXVI, v. 40), tout participe à ce grand feu de joie : leur amour était, à n'en pas douter, un amour de volupté. Transgressif et éloigné des représentations convenues associées au désir féminin, le poème « Le Pétale » (XVIII) exprime à mots couverts le doux fantasme de la masturbation – donnée à l'autre mais aussi à soi – et de la fellation, « voluptés interdites », comme le dit Rency, suggérées par le « long mouvement obstiné » et le « beau pétale rose ». De toute évidence, le pétale est prétexte à autre chose, au rêve érotique nécessaire en l'absence, terriblement pesante, de l'amant.

Par ailleurs, l'amour de Missie a tout de l'amour fétichiste. Un premier degré de ce fétichisme apparaît dès le début du recueil : « Le verre de Venise et la tasse de Sèvres / N'ont pour moi de valeur que parce qu'autrefois / Il les a consacrés au contact de ses lèvres » (VI, v. 18-20), explique en toute honnêteté l'amoureuse, comme si s'était ainsi opérée la transsubstantiation de l'être de l'amant dans l'objet baisé : l'être d'Axel, qui n'est d'ailleurs pas nommé, s'est transféré dans les deux objets, qu'il bénit. Que le poème se conclue par la mention des « lèvres » trahit déjà l'obsession pour le corps chéri de l'amant. Quant au portrait du « Pétale » (XVIII), il sert, quant à lui, de substitut, d'ersatz : pis-aller, il remplace ce qui manque et suscite le désir...

Plus déconcertant, le traitement de la jalousie ne laisse pas d'étonner dans deux poèmes chargés d'exotisme[1], « À Melati » (XV) et « La Chanson de Mahéli »

---

[1] Par bien des aspects, l'ancrage oriental de *Pour Axel* se fait sentir, aussi bien par les touches d'orientalisme, comme les traits japonisants de « L'Arbre » (XXIV), que par les références aux courants de pensée symbolisés par la présence du « Swastika » (XXIII) ou de Bouddha, mentionné dans « À Celui de Nazareth » (XXXIX, II). Maëlle De Brouwer note à juste titre qu'« Axel, par son activité et ses déplacements de marin, incarne physiquement le pont entre l'Orient et l'Occident, lien que Marie Nizet a transposé littérairement par l'écriture d'une œuvre poétique en Occident traversée

(XVII), où la voix lyrique envisage les aventures d'Axel avec des femmes rencontrées lors de ses voyages. Missie se sait – se veut ? – supérieure aux autres amantes d'Axel, qui lui est fidèle de cœur mais non de corps : forte de cette conviction, dans le premier poème, elle se substitue mentalement à l'autre femme – quoi qu'il arrive, « il boit l'amour en [s]on honneur » (v. 40). Mais, dans le second, un retournement change la perspective et la rend bien plus subversive encore, quand Missie déclare : « Que me fait qu'elle ait ton âme : / J'ai ton corps ! // J'ai la chair ; elle a le rêve. / Je te presse, je te sens… / Elle a ton cœur : j'ai la sève / De tes sens » (v. 11-16). À plusieurs reprises, la sensualité se mue volontiers en pure et simple sexualité : à la fin des « Errants » (XIV) sont rejoués les ébats animaux de l'humanité primitive, dans la pureté de leur sauvagerie.

Venons-en à présent à ce qui constitue peut-être l'aspect le plus insolite de ce recueil hors normes : le désir nécrophile évoqué dans le poème XXXIV, « Amour posthume ». En regardant la mort droit dans les yeux, Missie, dans sa quête d'une union physique devenue impossible[1], rêve d'étreindre et d'embrasser la chair décomposée, les os décharnés, le crâne sans lèvres de son aimé. Eu égard à ce souci inaltérable de la corporéité,

par des objets, des représentations et philosophies orientales » (*op. cit.*, p. 102).

[1] Le poème XXXVIII, « Adieu », laisse de fait penser qu'une tombe a été érigée en l'honneur de Cecil-Axel, mais les détails que nous possédons ne permettent pas de savoir si son corps y reposait : nous ne savons rien des circonstances de sa mort et, s'il a disparu en mer, son corps n'a sûrement pas pu être retrouvé. Potentielle raison supplémentaire d'un chagrin vaste comme l'Océan… Toutefois, « Amour posthume » parle d'Axel tel que « la mort [l']a fait dans la tombe », même si cela ne prouve rien de très concret.

force est de constater que réside dans ces vers une intensité qui dépasse la commune mesure : même la mort ne fera point obstacle à l'amour fou d'une Missie prête à tout pour parvenir à ses fins.

Physique et métaphysique de l'amour

Tout au long du recueil se met en place une véritable démarche d'adoration[1]. Disons-le tout net : pour Missie, Dieu, c'est Axel, ce « dieu de [s]a foi » (XXVI, v. 13). La soumission amoureuse va même loin, comme dans « Dédaignée » (XIX), où Missie s'humilie : « Maître, je voudrais consacrer ma vie / À baiser le sol que foulent tes pas. / Même, tu peux bien, si c'est ton envie, / Marcher sur mon corps dont tu ne veux pas » (v. 1-4). Cette dimension, dérangeante par bien des aspects, correspond pourtant à certaines formes adoptées par le sentiment amoureux, qui a tendance à mettre sur un piédestal l'objet aimé[2] – ce contre quoi on peut évidemment se révolter ! Mais, plus que le reste, c'est la revendication même de l'humiliation qui stupéfie.

Cette idolâtrie va de pair avec un désir ardent de fusion, dicté par l'impérieuse nécessité de l'amour. L'attente – et c'est peu dire – est lancinante : outre le rêve

---

[1] En latin, *adorare* signifie « adresser des prières à », « rendre un culte à ». Missie ne s'en cache pas (notez les adjectifs employés) : « Je vous adore à deux genoux / Et mon âme est une chapelle. // C'est un dieu païen qu'on y sert / D'un culte pervers et candide… / Sans lui mon ciel serait désert / Et mon univers serait vide » (XXVI, v. 7-12).

[2] Dans la même veine, on peut penser aux *Chansons de l'Esclave* de Gisèle Vallerey (1889-1940) (Bordeaux – Paris, Les Éditions Provinciales – Grande librairie universelle, 1932).

d'union de Missie vivante avec un Axel mort, la perspective *post mortem* d'une connexion absolue est dévoilée dans « Fins dernières » (XXVII), où leurs os[1], puis leurs atomes se mêlent. De cette manière, Missie expose ses vues eschatologiques d'une grande profondeur dans le cadre d'un matérialisme heureux, qui accomplirait le miracle d'une sorte de syncrétisme à la fois physique et métaphysique, au sein du « Grand Tout qui nous réclame » (v. 10) et du « creuset de la nature » (v. 16). La dimension ontologique de cette réunion renvoie au fantasme d'une Unité essentielle.

En nous gardant bien d'en faire un aspect fondamental ou une forme de rédemption, nous devons bien sûr traiter de la présence de la dimension religieuse. Le premier constat est clair : la religion – chrétienne, s'entend – est inessentielle dans le recueil[2] et n'apparaît qu'à son extrême fin : si les « Trois Étapes » et l'abandon au Christ sont placés à la toute fin du recueil (dans sa forme manuscrite), ils n'en sont ni l'accomplissement ni l'apogée. Avant tout, Missie partage avec le Christ la « Croix du Golgotha » (XXXIX, I, v. 6), symbole de toutes ses souffrances, de toutes ses fêlures. C'est vers lui, un Jésus humain plus que divin, qu'elle se tourne, mais au mépris des rites, dont elle dénonce les hypocrisies dans « À Celui de Nazareth » (XXXIX, II). Bref, l'amante a su trouver sa vérité hors du mariage et de l'Église. Les derniers mots du recueil, si l'on exclut « L'Insomnie », se révèlent particulièrement éloquents :

---

[1] « Ne plus savoir – ô volupté ! – / Quels sont les miens, quels sont les vôtres ! » (v. 19-20), peut-on lire.

[2] Nous avons déjà parlé de l'*amoralité* du discours amoureux de *Pour Axel*, au sujet de la sexualité : Missie se dévoue à la Volupté, au Plaisir et surtout à l'Amour, pourtant créés, selon ses dires, par Satan (voir « Vieille Légende », VII).

C'est tout, mon Dieu. Je suis bien à vous. Me voici.
Mais, quand j'aurai suivi jusqu'au bout votre voie,
– Ainsi que vous l'avez promis, en vérité –
Dans la splendeur d'amour de votre Éternité
Faites qu'*il me* retrouve et que *je le* revoie !...[1]

En dernier recours, la prière est assurément fervente, la foi véritable, la posture très humble, mais, surtout, surtout, cet ultime élan devient le moyen détourné de revoir Axel – le jeu des pronoms en chiasme ne laisse pas le moindre doute à ce sujet ! Georges Rency exprime ainsi l'importance de ce dernier moment : « C'est sur cette note d'apaisement et de spiritualité que s'achève cet hymne de douleur et de volupté, certes l'un des plus beaux qui soient sortis de la bouche d'une femme. » Et de la bouche d'un être humain, ajouterons-nous.

Le face-à-face de l'Amour et de la Mort et le triomphe de l'Art

> Écrire : essayer méticuleusement de retenir quelque chose, de faire survivre quelque chose : arracher quelques bribes précises au vide qui se creuse, laisser, quelque part, un sillon, une trace, une marque ou quelques signes.
>
> Georges Perec (1936-1982),
> *Espèces d'espaces*,
> Paris, Galilée, 1974.

[1] « La Prière de Missie » (XXXIX, III), v. 14-18. Nous soulignons.

Même si c'est dans « L'Arbre » (XXIV) qu'est évoquée pour la première fois la mort d'Axel[1], c'est bien « *L'Insulinde* » (XXV) qui marque une rupture complète, aussi violente que fondatrice, et inaugure un second moment de l'œuvre[2]. Dans *Le Flambeau*, cet abîme qui sépare à jamais le passé heureux du cruel présent et qui échappe à tout langage était matérialisé par une ligne de points (sans doute un souvenir hugolien), placée juste avant la strophe qui fait tout chavirer :

. . . .

Et comme un instinct me l'avait prédit,
Pavillon en deuil, d'une île lointaine
Il est revenu, le bateau maudit,
Il est revenu... sans le Capitaine ! (v. 33-36)

Gabrielle Remy résume admirablement l'effet dévastateur de ce point de bascule : « La félicité sera donc morte désormais. Mais la *Douleur* sera vivante, hallucinante, impitoyable » (art. cit., p. 546). Commence alors pour Missie une quête éperdue pour retrouver « [s]on cher amour » (XXVI, v. 1, 13 et 47). La voie du souvenir devient, après la mort d'Axel, un véritable chemin de croix dont chaque poème représente une station. Car la mort l'a séparée de lui, et c'est une punition des plus terribles. Celle qui est nommée « radieuse Mort » (XIII, v. 12) revêt ainsi une ambivalence fondamentale : tel le *pharmakon* antique, à la fois poison et remède, elle tue et guérit... en tuant celle des deux amants qui avait été

---

[1] « [...] Celui / Qui me montrait l'arbre et le lac dort aujourd'hui / Sous le poids éternel de son tombeau de marbre... » (v. 19-21).

[2] Dans *Le Flambeau*, en 1921, les deux poèmes sont inversés.

laissée pour compte en continuant de vivre et qui peut désormais rejoindre l'autre ![1]

Le tombeau poétique, ensemble de poèmes dédiés à la mémoire d'un·e défunt·e, possède des caractéristiques *monumentales* : il est roc solide face au branle perpétuel du monde, il est phare au milieu des ténèbres. Le mot latin *monumentum* dérive d'ailleurs du verbe *monere,* qui signifie d'abord « faire songer à », « faire souvenir », d'où son sens plus courant d'« avertir ». L'enjeu n'est donc autre que la perpétuation du souvenir. En sus, non seulement l'œuvre semble permettre à la poétesse de revivre elle-même son amour, mais elle est aussi gage d'une postérité littéraire. C'est pourquoi *Pour Axel,* œuvre-tombeau, œuvre-souvenir, œuvre-totem, est, plus encore que le tombeau d'Axel, celui de l'amour de Missie pour celui-ci, la préposition « pour » supposant un lien fort entre la *laudatrix* et le *laudandus,* entre la célébrante et le célébré. Par la magie de la prosopopée, Missie donne la parole à la Mort, avant de la congédier, dans un poème au titre révélateur, « Résurrection » (XXXVI) :

> Comme le peintre fixe avec de la couleur
> Sur la toile un visage où l'âme se rallume,
> Avec mon cœur ardent et ma sainte douleur
> – Mais sans art – je l'ai fait revivre sous ma plume.
>
> […] Et, tout entier, il a surgi de chaque page.

---

[1] La première strophe de « Fins dernières » (XXVII) ne laisse aucun doute sur l'état d'esprit de l'amoureuse qui s'impatiente : « C'est fête aujourd'hui, mon amour ; / Je viens frapper à votre porte. / Notre bonheur est de retour : / Vous êtes mort et je suis morte. » Il y a une réjouissance, voire une délivrance, dans l'idée de la mort car elle est synonyme de retrouvailles.

> Et j'ai dit à la Mort : « Il est ressuscité !
> Aussi beau qu'autrefois il renaît de sa cendre.
> Il vit, par mon amour et par ma volonté,
> Et, tel que le voilà, tu ne peux plus le prendre ! »[1]

La référence faite au « peintre » – clin d'œil discret à Van Dyck – corrobore l'affirmation d'un triomphe de l'art : de même que le peintre scelle sur la toile l'apparence mais aussi quelque trait de l'essence de ce qu'il peint, l'écrivaine emplit le vide en investissant le blanc de la page. Missie, envers et contre tout, verse son être et son amour dans son livre. « J'ai prolongé sa vie avec la mienne un peu… / Il ne sera bien mort que quand je serai morte » (XXXVII, v. 7-8), affirmait la poétesse. Mais, peut-être au-delà de ses attentes, en transvasant dans son œuvre un peu d'elle et un peu de lui, elle prolonge sur le papier leur vie à tous les deux. Voilà la force des « très inoffensifs et doux / Ramasseurs de rayons de lune », c'est-à-dire les poètes, « les fous » et « les inconsolables » (XXI, v. 69 et 71-72).

On ne saurait donc négliger la valeur mémorielle et vulnéraire du tombeau littéraire. Le deuil se fait par l'écriture, mais ne s'achève pas pour autant. Le dernier vers du poème XXXI, « Oubli », ne dit pas autre chose :

> Ah ! c'est vous, vous, mon doux amour – inoubliable !…

Le « travail du deuil » chez Nizet (ou, du moins, chez Missie) n'est aucunement freudien : loin de vouloir mettre en œuvre un détachement ou un dépassement, il représente l'*attachement* le plus étroit possible. On retrouve là l'idée d'une fusion, déjà évoquée.

---

[1] « Résurrection » (XXXVI), v. 17-20 et 24-28.

Il s'agit ainsi bel et bien de graver le vécu dans le marbre du papier, de l'y faire exister et subsister, de lui ériger un monument pérenne qui perdurera bien après les deux protagonistes de cette belle et tragique histoire. Malgré la prégnance de la mort dans le recueil, aucune vision proprement macabre n'émerge du discours poétique, car c'est la reconnaissance lucide du mouvement constant menant de la vie à la mort qui conduit à une forme de consolation. Ce qui n'empêche cependant pas Missie de vouloir changer le cours des choses :

> Je voudrais renverser l'inéluctable loi ;
> Je voudrais rallumer votre lumière éteinte.[1]

Missie se rêve en Orphée sauvant, pour de bon, son Axel-Eurydice des Enfers, inversant par là même les rôles traditionnels. La poétesse Lya Berger soulignait (*op. cit.*, p. 92) cette inversion originale des rôles féminins et masculins :

> « [...] peut-être demain, le halo prestigieux qui créa les couples d'amants immortels rayonnera-t-il sur leurs noms ? Qui l'aura allumée, la lampe d'or du sanctuaire, sinon l'étincelle jaillie d'un cœur de femme ? »

Si le recueil n'est certes pas transgressif du point de vue de la soumission d'une amante à un homme, Maëlle De Brouwer pense, à raison, que, malgré tout, il « va jusqu'à constituer un retournement du point de vue traditionnel en littérature, qui veut qu'un homme écrive sur une femme » (art. cit., p. 193). Or cette quête orphique – donc poétique par excellence – est une réussite : elle le ramène effectivement à la lumière du jour,

---

[1] « Amour posthume » (XXXIV), v. 19-20.

prêt à être découvert par qui voudra bien ouvrir *Pour Axel*, même si le tombeau en lui-même demeure une synecdoque imparfaite de l'être aimé. On ne redira jamais assez le rôle salvateur de la poésie – les vers poétiques contre les vers dévoreurs de cadavre[1]. Il faut *dire* pour *faire être*, dire sans cesse une parole qui obsède, comme dans « Confidence » (XXX), où Missie s'adresse même à ceux qui ne l'écoutent pas : seule la « Nature Souveraine » saura lui prêter l'oreille. Et en faisant de sa propre âme une « [n]ouvelle Isis » (« La Torche », XXXIII, v. 26), cette sœur-épouse qui retrouva les morceaux épars de son frère-époux Osiris pour le rendre à la vie, Missie insiste par ailleurs sur l'idée qu'elle veut à tout prix retrouver quelques bribes de l'être perdu. « Dante avait magnifié Béatrice. Missie a mérité de ressusciter Axel ! » ose affirmer Gabrielle Remy (art. cit., p. 547).

Le pendant en prose de *Pour Axel* nous sera peut-être à jamais perdu. Ce chef-d'œuvre inconnu est décrit par Georges Rency dans son article de mai 1923 :

> Il est regrettable vraiment que l'on ne puisse donner le jour à cette œuvre étonnante qui dit tout, sans ménagement aucun, sans pudeur, sans réserve, mais aussi sans intention vicieuse, sans libertinage, avec une gravité joyeuse, avec une ardeur presque religieuse. Il semble que ce soit l'unique fois, depuis le commencement du monde, qu'une femme ait écrit la vérité, la vérité nue sur ses sentiments et sur ses sensations. Je sais bien qu'il y a Mme de Noailles et, dans un autre ordre d'idées, Renée Vivien. Mais la « sincérité » de

---

[1] Ces problématiques rejoignent celles du recueil sur lequel travaille l'un de nous deux pour sa thèse, les *Nénies* (1550) de l'humaniste français Jean Salmon Macrin (1490-1557), dans lesquelles il pleure son épouse, Guillonne Boursault (1510-1550), et où le couple Orphée/Eurydice prend une place considérable.

> ces deux-ci apparaît comme voulue, et on dirait qu'elles ont l'une et l'autre le désir d'étonner, voire de scandaliser. Mme Marie Mercier-Nizet n'appartient à aucune école : elle se raconte, sans penser le moins du monde au jugement, moral ou littéraire, qu'on portera sur sa confession.

Cette œuvre participe de la même dynamique que l'œuvre en vers : la remémoration comme restauration.

En l'absence d'un portrait d'Axel lui-même, un autoportrait de Van Dyck s'imposait, tant la poétesse met l'accent sur la ressemblance, troublante, entre les deux hommes, affirmée dès le premier vers du recueil. Notre choix pour la première de couverture aurait pu se porter sur l'un des deux tableaux mentionnés[1] dans le premier poème, « Sosie », dont le titre est on ne peut plus clair ; nous leur avons finalement préféré ce majestueux portrait, où le peintre, tout jeune encore – il avait alors une vingtaine d'années –, les mains effilées, drapé d'un soyeux vêtement noir comme le jais, nous regarde intensément, tandis que nous le regardons. D'emblée, nous sommes face à Axel, derrière Antoon. *Pour Axel* est lui-même un tableau : le tableau, présenté comme fidèle, d'une relation amoureuse. S'y fixe l'éphémère, ainsi délivré de son intrinsèque fugacité.

Au terme de l'écriture du recueil et au soir de sa vie, l'autrice n'est pas épargnée par la dépression, le délire, la lourdeur du temps, le sentiment de la mort imminente, qui dansent en chœur dans « L'Insomnie » (XL) :

> C'est le vide de l'escarcelle,
> Le peu de tout, le peu d'amour,
> Le peu qu'on reçoit en retour

---

[1] On peut toujours les contempler, l'un au Louvre, l'autre aux Offices.

Et la faillite du courage
Et le désespoir qui fait rage ! (v. 44-48)

Même Axel, qui apparaît une dernière fois, se réduit à un squelette surgissant de l'ombre :

Et puis c'est vous, c'est vous, mon seul
Amour, chère adorable image !
« Hélas ! je n'ai plus de visage ! »
Dit la voix qui sort du chaos...
Des os, des os, rien que des os ! (v. 62-66)

Les derniers vers du recueil résonnent toutefois comme une promesse : « Je vais dormir... Le jour se lève. » Par l'adjonction de ce dernier poème, la boucle est bouclée : Marie-Missie rejoint Cecil-Axel. A été érigé un tombeau, pour lui, mais pour elle aussi, pour leur incroyable amour à tous deux, en somme. Par cet ultime geste littéraire, Marie entend sauver de l'oubli quelque chose de ce passé heureux vécu ensemble, d'où a pu sourdre la douleur aussi, et préserver un fragment d'un temps révolu qu'elle ne vivra plus jamais et que nous n'avons pas vécu, mais qu'elle partage avec nous.

Dans « Une Histoire », on apprend de la bouche même d'Axel les amours de Van Dyck et d'Isabelle Van Ophem. Le marin conclut son histoire par ces mots :

« [...] Et j'aime imaginer qu'à l'approche du soir
Le spectre de Van Dyck, drapé du manteau noir,
Pour elle revenait sous les voûtes désertes...
Ne le croyez-vous pas aussi, mon amour ? — Certes ! »[1]

Et nous aimons à croire, nous aussi, que le fantôme d'Axel rendait parfois visite à sa chère Marie...

---

[1] « Une Histoire » (XXII), v. 115-118.

Pour ne pas conclure : perspectives nizettiennes

Au moment de mettre un point final à cette présentation d'un parcours humain et littéraire extraordinaire, au sujet duquel il reste encore tant à étudier et à découvrir, qu'il nous soit permis de proposer quelques idées ouvrant sur de nouvelles perspectives. Nous formulons tout d'abord le vœu que les découvertes initiées grâce à notre projet se poursuivent et constituent, progressivement, un ensemble de plus en plus riche, même s'il est inéluctable, bien entendu, que maints aspects de la vie de l'étonnante Marie Nizet-Mercier échappent à ces recherches. Ces éléments permettront ainsi d'obtenir un tableau plus complet et viendront confirmer ou infirmer les hypothèses qui ont pu être formulées. N'oublions pas non plus son cher amour : la consultation d'archives – mais où les trouver ? – pourrait se révéler féconde au sujet de ce Cecil-Axel Veneglia dont nous savons bien peu de choses, sinon qu'il fut aimé à la folie.

Sur le plan proprement éditorial, peut-être aurons-nous un jour l'immense plaisir de mettre au point les *Poésies complètes*, voire les *Œuvres complètes*, de l'autrice. Par ailleurs, une traduction en roumain de *România* deviendrait l'occasion de faire connaître le travail de l'écrivaine dans un pays qui, même si elle ne s'y rendit probablement jamais, fit forte impression sur la jeune femme qu'elle était. Dans le même ordre d'idées, nous ne pouvons qu'appeler de nos vœux l'établissement d'une traduction anglaise de *Pour Axel* : grâce à la langue de la mère du défunt, une lumière plus vive rejaillirait à bon droit sur ce tombeau littéraire. Nous encourageons enfin les esprits curieux et savants à s'emparer des œuvres de l'autrice, qui méritent toute notre attention, et à envisager aussi bien des éditions critiques de ces différents ouvrages qu'une thèse complète consacrée à cette figure remarquable de la scène littéraire francophone, à ses influences (parnassiennes, entre autres), à ses liens avec la vie des lettres belges de l'époque, à son style, à sa versification.

Circule sur Internet une photographie de la Belge dont nous n'avons pu, à ce jour, vérifier l'authenticité : dans le doute, et tant qu'aucune photographie n'aura refait surface, Marie reste donc pour nous une femme sans visage, dont le style seul peint le portrait intérieur, fait de révoltes, d'audaces et de douleurs. Il faut se résoudre à accepter qu'un voile de mystère recouvre encore – et peut-être pour toujours – une bonne partie de la vie de l'écrivaine. Car, même si de nouveaux éléments ne cessent d'être découverts et de venir éclairer les zones d'ombre, toujours est-il que les questions foisonnent : pourquoi décida-t-elle, à partir de 1887 et jusqu'en 1921, de ne plus publier une seule ligne ? Comment et quand se noua la relation romanesque qui unit la femme de lettres au marin venu d'un lointain ailleurs ? Où l'amour conduisit-il les pas des deux amants ? Dans quelles circonstances Axel mourut-il ? Retrouvera-t-on un jour sa tombe ? Et celle de son amante ? Enfin, que devint vraiment Marie durant ces longues années de silence, où de toute évidence elle ne cessa de changer de lieu de vie ? Assurément, elle livra, dans *Pour Axel*, quelques échos sonores et mélodieux de la chambre de résonance de son cœur : le reste nous restera-t-il à jamais inaccessible ?

Si la personne qui possède le récit en prose des amours de Marie et d'Axel – mais existe-t-il seulement encore ? – lit un jour, par quelque heureux hasard, ces lignes que nous lui adressons, qu'elle nous fasse l'amitié et l'honneur de prendre contact avec nous : nous brûlons du désir de lire, de publier et de faire connaître cette autre facette de l'aventure amoureuse que connurent Axel et Marie ! Et, si jamais un·e descendant·e de l'autrice découvrait cet ouvrage, nous aurions grand plaisir à faire sa connaissance.

Mais laissons le dernier mot à notre poétesse...

Le 1er mars 1879, on lut, lors d'un banquet organisé par une association littéraire, les quelques vers qui suivent et qui s'intitulent « Le Bonheur »[1]. Or, ce bonheur fugace qui nous échappe au moment même où nous l'étreignons est-il autre chose que celui que connut Marie, blottie entre les bras de son Axel, avant de le voir partir au loin, avant de le voir quitter ce monde ? Et si le bonheur « aime l'ombre », alors la Belge tint parfaitement le sien à l'abri des regards, mais ce fut finalement pour mieux nous l'offrir dans un recueil éclatant comme le soleil et frappé au coin du désespoir d'avoir aimé de toute son âme...

---

[1] « Le Bonheur. Vers lus au banquet de l'*Union littéraire*, le 1er mars 1879 », in *Revue de Belgique*, 11e année, t. 31, 15 mars 1879, p. 333-335.

Oh ! ne cherchez pas trop loin
    À travers l'espace
La chimère, le besoin :
    Le Bonheur qui passe !

Il n'a dans nul lieu secret
    Demeure ni règle,
Et son aile lasserait
    Jusqu'au vol de l'aigle.

Il craint le désir jaloux,
    Le vœu romanesque ;
Il faut, pour qu'il songe à vous,
    N'y plus songer presque !

Vous dont les pleurs ont voilé
    La sombre prunelle,
Peut-être il vous a frôlé
    Du bout de son aile !

Quand vous quittiez l'âtre en deuil
    Qui vous a vu naître,
Le Bonheur, à votre seuil,
    Vous guettait peut-être !

Au bord de votre chemin,
    Souriant et tendre
Il s'offrait, et votre main
    N'avait qu'à le prendre.

Peut-être qu'il vous a dit,
    Ce jour ou la veille,
Sans que nul ne l'entendît,
    Un mot à l'oreille.

Mais vous, qui suiviez des yeux
    Quelque ombre lointaine,
À son appel gracieux
    Prîtes garde à peine.

Vous n'avez pas reconnu
Son être impalpable !...
Et le Plaisir est venu,
Ce Bonheur coupable !

Le Bonheur, ce n'est pourtant
Qu'un sourire, un songe,
Une parole, un instant
Qu'un instant prolonge.

Un espoir qui dure peu,
Qui trompe et caresse,
Et puis le contact de feu
D'une main qu'on presse !

Quand le Bonheur disparaît,
Chassé par un charme,
Il laisse au cœur un regret,
À l'œil une larme.

Il emporte de nos jours
La part la meilleure :
Mieux vaut l'ignorer toujours
Que l'étreindre une heure !

S'il prenait jamais souci
D'être enfin votre hôte,
Oh ! cachez-le bien, ainsi
Qu'on cache une faute.

Il aime l'ombre, le bruit
Toujours l'effarouche,
Il vit de mystère, il fuit
Sitôt qu'on le touche !

L'homme le plus pris aux nœuds
Du destin aride
Peut sentir dans ses cheveux
Son souffle timide.

Souvent il vient en sournois
    À ce qui succombe ;
On l'a rencontré parfois
    Au bord de la tombe.

Il est là dans quelque coin,
    Prêt à vous surprendre…
Le Bonheur n'est jamais loin,
    Pour qui sait l'attendre !

Raphaël LUCCHINI et Jérémie PINGUET
Saint-Martin-du-Mont, Bagnolet,
Sainte-Foy-lès-Lyon et Paris,
1er mai 2023

ŒUVRES DE MARIE NIZET, ÉPOUSE MERCIER

NIZET **Marie**, *Moscou et Bucharest*, Versailles, E. Aubert, 1877. ***Poésie***

—, *Pierre le Grand à Iassi*, Paris, Auguste Ghio, 1878. ***Poésie***

—, *România (Chants de la Roumanie)*, Paris, Auguste Ghio, 1878. ***Poésie***

—, *Le Capitaine Vampire. Nouvelle roumaine*, Paris, Auguste Ghio, 1879 ; réédité à la suite de *Dracula* de Matei CAZACU, Paris, Tallandier, 2004, p. 499-632 ; traduit en roumain sous le titre de *Căpitanul Vampir* par Geangineta DANEŞ, Bucarest, Sigma, 2003 ; traduit en anglais sous le titre de *Captain Vampire* par Brian M. STABLEFORD, Encino (Californie), Black Coat Press, 2007. ***Roman***

—, « Le Bonheur. Vers lus au banquet de l'*Union littéraire*, le 1er mars 1879 », in *Revue de Belgique*, 11e année, t. 31, 15 mars 1879, p. 333-335. ***Poésie***

ANONYME **(***)**, *Le Scopit. Histoire d'un eunuque européen. Mœurs russo-bulgares*, Bruxelles, Henry Kistemaeckers, 1880. ***Roman***

MERCIER Marie, « Le soufflet de la grand'mère », in *Revue de Belgique,* 15e année, t. 43, 15 avril 1883, p. 469-480.

—, « Histoire d'une fille de ferme », in *Revue de Belgique,* 15e année, t. 45, 15 septembre 1883, p. 49-56.

—, « Ceux des campagnes », in *Revue de Belgique,* 15e année, t. 45, 15 décembre 1883, p. 368-377.

—, « Une agonie », in *Revue de Belgique,* 16e année, t. 46, 15 février 1884, p. 135-146.

—, « La déconvenue de Monsieur Boniface », in *Revue de Belgique,* 16e année, t. 48, 15 septembre 1884, p. 26-45.

—, « Comment on oublie », in *Revue de Belgique,* 16e année, t. 49, 15 mars 1885, p. 263-279.

—, « Une vie d'enfant », in *Revue de Belgique,* 18e année, t. 54, 15 octobre 1886, p. 148-178 ; et 15 novembre 1886, p. 305-334.

Nouvelles

NIZAL Missie, « Axel », in *Le Flambeau. Revue belge des questions politiques et littéraires,* 4e année, t. 2, n° 6, 30 juin 1921, p. 251-256. ***Poésie***

MERCIER-NIZET Marie, *Pour Axel,* Bruxelles, La Vie intellectuelle, 1923 (posthume). ***Poésie***

Toutes les œuvres de Marie Nizet-Mercier qui ont été publiées de son vivant appartiennent désormais au domaine public et sont disponibles gratuitement en ligne sur différents sites. Elles sont réunies sur le site *Neoclassica* et accompagnées de maints documents concernant l'écrivaine.

BIBLIOGRAPHIE INDICATIVE

Si vous souhaitez compléter la liste suivante avec d'autres références, nous vous invitons à vous reporter au remarquable travail de Maëlle De Brouwer.

BENKOV Edith J., « Marie Nizet (a.k.a. Marie Mercier-Nizet », in *An Encyclopedia of Continental Women Writers*, Katharina M. WILSON (dir.), New York – Londres, Garland, vol. 2, *L-Z*, 1991, p. 919.

BERGER Lya, « À propos d'un livre posthume. *Pour Axel*, par Marie Mercier-Nizet », in *La Revue hebdomadaire : romans, histoire, voyages*, 32e année, t. 10, n° 43, 27 octobre 1923, p. 494-499. Disponible en ligne sur Gallica.

—, *Les Femmes poètes de la Belgique. La vie littéraire et sociale des femmes belges*, Paris, Perrin et Cie, 1925, p. 75-92. Disponible en ligne sur Google Books.

BOSQUET Alain et WOUTERS Liliane (éds), *La Poésie francophone de Belgique. 1804-1884*, Bruxelles, Traces, 1985, p. 123-126.

BROGNIEZ Laurence (dir.), « Nizet Marie (1859-1922), épouse Mercier », in *Dictionnaire des femmes belges. XIXe et XXe siècles*, Éliane GUBIN, Catherine JACQUES, Valérie PIETTE et Jean PUISSANT (dir.), Bruxelles, Racines, 2006, p. 422-424.

CAZENAVE Michel (éd.), « Marie Nizet (1859-1922) », in *Anthologie de la poésie de langue française (du XIIe au XXe siècle)*, Paris, Hachette, 1994, p. 1290-1291.

COCHRAN Judy et LINKHORN Renée (éds), « Marie Nizet (1859-1922) », in *Belgian Women Poets: An Anthology*, New York, Peter Lang, « Belgian Francophone Library », vol. 11, 2000, p. 1-9.

DE BROUWER Maëlle, Pour Axel de Missie *par Marie Nizet (1923). Étude et réinsertion d'une œuvre littéraire*, mémoire de master, sous la direction de Laurence BROGNIEZ, soutenu à l'Université libre de Bruxelles, 2017. Disponible en ligne sur Academia.

—, « *Pour Axel de Missie* (1923) par Marie Nizet. L'œuvre d'une Sapho "Fin de siècle" belge ? », in *Textyles, revue des lettres belges de langue française*, n° 55, *Nicole Malinconi*, Laurent DEMOULIN et Pierre PIRET (dir.), 2019, p. 179-194. Disponible en ligne sur OpenEdition Journals.

DETEMMERMAN Jacques, « Qui a écrit *Le Scopit* ? », in *Les Cahiers du Cédic*, n° 6/8, janvier 2016, p. 85-100. Disponible en ligne sur le site de l'Université libre de Bruxelles.

DIGLEE (WINGROVE Maureen), « Marie Nizet 1859 ✱ 1922 », in *Je serai le feu*, Montreuil, La ville brûle, 2021, avec des traductions de Clémentine BEAUVAIS, p. 92-97.

GEMIS Vanessa, *Femmes de lettres belges (1880-1940). Identités et représentations collectives*, thèse de doctorat, sous la direction de Paul ARON, soutenue à l'Université libre de Bruxelles, 2009.

HANLET Camille, « Marie Mercier-Nizet », in *Les Écrivains belges contemporains de langue française*, t. 1, *1800-1946*, Liège, Dessain, 1946, p. 414-415.

MOULIN Jeanine, *La Poésie féminine*, Paris, Seghers, « Melior », vol. 2, *Du XIIe au XIXe siècle*, 1966, p. 311-319.

—, *Huit siècles de poésie féminine. Anthologie (1170-1975)*, Paris, Seghers, [1975] 1981, p. 155-159.

NAMUR Yves et WOUTERS Liliane (éds), *Le Siècle des femmes. Poésie francophone en Belgique et au Grand-Duché de Luxembourg au XXe siècle*, Bruxelles, Les Éperonniers (en collaboration avec les éditions Phi), « Passé Présent », 2000, p. 11-15.

PURNELLE Gérald, « 1870-1970 : un siècle de poésie féminine », in *Le Carnet & les Instants*, n° 204, 4e trimestre 2019, p. 5-14. Disponible sur *revues.be*.

REMY Gabrielle, « Les Femmes Poètes de la Belgique », in *La Revue belge*, 3e année, t. 3, n° 1, 1er juillet 1926, p. 534-550.

RENCY Georges, « *Pour Axel*, par Marie Mercier-Nizet », in *L'Indépendance belge*, 94e année, n° 133, 13 mai 1923, p. 2. Disponible en ligne sur KBR.

—, *Histoire illustrée de la littérature belge de langue française (des origines à 1925)*, Bruxelles, Vanderlinden, 1926, p. 286-287.

SABATIER Robert, *Histoire de la poésie française. La poésie du dix-neuvième siècle*, t. 2, *Naissance de la poésie moderne*, Paris, Albin Michel, 1977, p. 441-442.

WAUTHIER Jean-Luc, « *Pour Axel* » et « *Romània* », in *Lettres françaises de Belgique. Dictionnaire des Œuvres*, Robert FRICKX et Raymond TROUSSON (dir.), t. 2, *La poésie*, Christian BERG et Robert FRICKX (dir.), Paris – Gembloux, Duculot, 1988, p. 437 et 488.

Les détails concernant l'établissement du texte du recueil de Marie Nizet sont regroupés dans une section qui y est dédiée à la fin de notre ouvrage. Ont été pris en compte les poèmes publiés en 1921 dans Le Flambeau *et réunis sous le titre « Axel », deux cahiers manuscrits autographes conservés aux Archives et Musée de la Littérature de Bruxelles, ainsi que l'édition imprimée de 1923. Les principales variantes sont mentionnées en note. La ponctuation a fait l'objet d'un travail minutieux croisant les divers états des textes et nous avons respecté les choix de mise en page pour la présentation des poèmes, même si une harmonisation d'ensemble a été réalisée.*

Afin de préserver leur intégrité, et quitte à laisser quelques lignes blanches en bas de page, nous avons évité autant que possible de couper les strophes régulières, sauf lorsque celles-ci étaient trop longues ou que cela conduisait à un problème important de mise en page.

Les notes infrapaginales concernent l'explicitation de certains vocables et de quelques références culturelles ou biographiques. Celles qui sont accompagnées d'un astérisque se trouvaient dans l'édition imprimée de 1923 ainsi que dans le Manuscrit autographe 1, dont est issue l'édition imprimée.

À la fin du texte du recueil de Nizet édité dans le présent ouvrage, les reproductions de poèmes écrits de la main de la poétesse que nous avons choisies sont extraites du Manuscrit autographe 2. Ces poèmes sont reproduits avec l'aimable autorisation des Archives et Musée de la Littérature de Bruxelles (© AML), à partir de l'ouvrage référencé sous la cote ML 12529/0002.

Notre ouvrage a été composé avec la police Optima.

Les détails concernant l'établissement du texte du roman de Marie-Claire sont regroupés dans une section qui y est dédiée à la fin de notre ouvrage. Ont été pris en compte les poèmes publiés en 1927 dans Le Flambeau et réunis sous le titre « Amour », deux cahiers manuscrits autographes conservés aux Archives et Musée de la Littérature

POUR AXEL DE MISSIE

À CECIL-AXEL VENEGLIA,
In memoriam.

I
SOSIE

Vous lui ressemblez trait pour trait.
Sa beauté renaît dans la vôtre,
Si pareille que le portrait
De l'un est le portrait de l'autre.

Ce charme se retrouve en vous
Où tant de cœurs se firent prendre.
Vous avez ses larges yeux doux,
Sa bouche sensuelle et tendre.

Comme lui vous avez encor
Ce beau front hautain que découvre
La chevelure à reflets d'or…
– Comme dans le tableau du Louvre.

Vous avez la grâce qu'il faut,
L'air de jeunesse et d'élégance
Et les sourcils droits – ce défaut –
Du portrait qu'on voit à Florence.

Est-ce vous ou lui que le sort
Fit naître aux Îles de la Sonde[1],
Lui qui, voguant de port en port,
Courut toutes les mers du monde ?…

---

[1] **Îles de la Sonde** : l'un des archipels de l'Insulinde (autrefois appelée Malaisie), comprenant l'île de Java.

Est-ce vous ce peintre flamand,
Favori des grands de la terre,
Qui, comme un astre au firmament,
Brillait à la Cour d'Angleterre,

Sir Anthony[1] qui fut aimé
Par une reine[2] jeune et belle,
Ce Don Juan d'Anvers qu'ont charmé
Mary[3], Marguerite[4], Isabelle[5] ?...

Toutes, vers cet être charmant,
Accouraient, allongeant la liste...
Il fut incomparable amant
Autant que merveilleux artiste.

Dans chaque beauté qu'il peignit
Avec la touche sans égale
Où jamais Rubens[6] n'atteignit,
Je crois trouver une rivale,

Car lorsque j'ai bien comparé
Vos traits à ceux de la gravure
Et trop longuement admiré
Votre visage et sa figure,

---

[1] **Sir Anthony** : il s'agit d'Antoon Van Dyck (1599-1641), peintre baroque flamand du XVIIe siècle réputé pour ses portraits.

[2] **Une reine :** sûrement Henriette-Marie de France (1609-1669).

[3]* **Mary** : Mary Ruthven [vers 1622 – 1645], femme de Van Dyck.

[4]* **Marguerite** : Margaret Lemon [vers 1614 – vers 1643], sa maîtresse.

[5]* **Isabelle** : Isabelle van Ophem, fille noble de Saventhem. [Voir le poème XXII, « Une Histoire ».]

[6] **Rubens** : Peter Paul Rubens (1577-1640), peintre baroque flamand qui fut le maître de Van Dyck.

Si je vous confonds un moment
En une illusion suprême,
Je ne sais plus exactement
Si c'est vous – ou Van Dyck – que j'aime.

II
ESTÁ MIMOSO !

Quand vous étiez petit, la bonne portugaise
Vous mettait le matin debout sur une chaise
Où vous vous débattiez avec des cris d'oiseau,
Nouait dans vos cheveux un large ruban rose,
Vous faisait bien joli, puis, pour finir la chose,
Vous embrassait, criant : « *Como está mimoso !*[1] »

Mimoso ! mot qu'il n'est pas besoin de traduire ;
Vocable doux qui dit si bien ce qu'il veut dire ;
Nom de fleur, mimoso qui vient de mimosa ;
Puérile auréole, enfantine couronne
Que la Rosario d'Algar[2], votre humble bonne,
Dans son transport naïf sur votre front posa.

Et quand Nice, l'hiver, envoie aux froides zones
Le fin feuillage glauque avec ses houppes[3] jaunes,
J'imagine, ajoutés à des grâces d'infant[4],

---

[1] ***Como está mimoso !*** : le texte original donne « *Come esta mimoso !* ». Outre l'absence d'accent sur *está*, la traduction littérale ne fait pas sens dans ce contexte, nous supposons donc une erreur et proposons de changer *Come* en *Como* pour traduire : « Comme il est mignon ! »

[2] **Algar** : ville d'Espagne, dans la province de Cadix. Une autre version du texte donne « Dalgar », qui serait alors son nom de famille.

[3] **Houppes** : assemblages de brins formant une touffe.

[4] **Infant** : étymologiquement, ce mot renvoie au « tout jeune enfant » qui ne parle pas encore (*in-fans*). Aujourd'hui encore, les

Du velours vert olive, un grand col Louis Treize[1],
Des boucles d'or, un nœud, du lait et de la fraise,
Du bleu, du blond... Enfin, votre portrait d'enfant.

---

enfants de la famille royale d'Espagne qui ne sont pas les héritiers portent ce nom comme titre officiel. Une appellation similaire existe au Portugal.

[1] **Col Louis Treize** : col en tissu ouvragé de forme quasi circulaire entourant le cou.

III
Confession

Je fus précocement éveillée à l'amour,
Au pur amour latent qui dort en tout cœur vierge.
Je me tenais, devant mes idoles[1] d'un jour,
Avec mon cœur d'enfant allumé comme un cierge.

Alexandre[2], le Cid[3], Roland[4] avec son cor,
Le Tasse[5], Raphaël[6], poètes, chefs d'armée,
Don Juan de Maraña[7], avec d'autres encor,
– Oui, mon amour – régnaient sur mon âme enflammée.

---

[1] **Idoles** : représentations de divinités adorées ; plus largement, personnes qui font l'objet d'une vénération.

[2] **Alexandre** le Grand (356-323 avant notre ère) : illustre général macédonien connu pour ses importantes conquêtes.

[3] **Le Cid** : personnage éponyme d'une pièce du dramaturge français Pierre Corneille (1606-1684) datant de 1637.

[4] **Roland** (736-778) : célèbre guerrier franc devenu le héros éponyme du poème épique intitulé *La Chanson de Roland*, qui est la première chanson de geste en langue française et date du XIe siècle. Il est supposément le neveu de Charlemagne.

[5] **Le Tasse** (1544-1595) : Torquato Tasso, célèbre poète italien, auteur, entre autres, de la *Jérusalem libérée* (1581).

[6] **Raphaël** (1483-1520) : Raffaello Sanzio, célèbre peintre et architecte italien de la Renaissance.

[7] **Don Juan de Maraña** : personnage éponyme d'une pièce écrite par Alexandre Dumas père (1802-1870), reprenant le mythe de Don Juan et datant de 1836.

Ils étaient tous rivaux. Le tragique Tristan[1]
Livrait à Lohengrin[2] un combat romanesque.
Mon caprice amoureux vagabondait, flottant
De Monsieur de La Môle[3] au Comte de Fiesque[4].

Un seul, dont on m'avait bien souvent raconté
L'histoire, me retint cependant davantage
Et me ravit si follement qu'il est resté
Le souvenir le plus joli de mon jeune âge.

Dans un livre je vis son visage charmant.
En cachette, j'allais l'admirer, lui sourire.
Et j'étais fière aussi de ce qu'il fût flamand,
Mon bel artiste... – C'est Van Dyck que je veux dire –

L'ai-je aimé, celui-là ! Ton breuvage sacré,
Ô Sainte Illusion, comme il me l'a fait boire !
Et le candide émoi de mon cœur effaré[5]
Montait comme un encens vers cette pure gloire.

---

[1] **Tristan** : personnage au destin tragique présent dans le mythe médiéval de Tristan et Iseut.

[2] **Lohengrin** : personnage de la littérature médiévale germanique, issu de la légende arthurienne.

[3] **Monsieur de La Môle** : Joseph-Boniface de La Môle (1526-1574), favori du prince François d'Alençon (1555-1584) sous le règne de Charles IX (1550-1574). Il a inspiré un personnage de *La Reine Margot* (1845) d'Alexandre Dumas père.

[4] Charles-Léon, **Comte de Fiesque** (1613-1658) : officier appartenant à l'entourage du Grand Condé (1621-1686) et associé à la Fronde. Il a inspiré un personnage du *Grand Cyrus* (1649-1653) de Madeleine de Scudéry (1607-1701) et de son frère Georges (1601-1667).

[5] **Effaré** : troublé, hébété.

Puis l'image pâlit, s'enfonça dans le temps.
– Car je ne savais pas que je devais l'attendre –
Et quel délire aussi quand, un soir de printemps,
Je vous ai vu, pour moi, de son cadre descendre !

Était-ce vous, était-ce lui, – le sais-je encor ! –
Ce portrait qui vivait, ce double issu de l'ombre ?...
Son manteau noir s'ouvrait sur une chaîne d'or ;
Des ancres d'or brodaient votre uniforme sombre.

Le blond de vos cheveux, quel émerveillement !
Sous la courbe de vos sourcils, inachevée,
Je reconnus ses yeux et j'ai dévotement
Sur la vôtre baisé sa bouche retrouvée.

Un peu de son reflet éclaire votre front ;
Votre sang recolore à flots sa face blême...
Souffrez que je vous mêle en mon amour profond,
Vous qui n'êtes que lui, lui qui n'est que vous-même.

IV
LE JARDIN

C'est le jardin d'Axel. Des roses et des roses !
En gerbes, en buissons, en tas et par monceaux !
Les unes s'effeuillant, les autres, demi-closes,
Escaladant les murs ou formant des arceaux ;

Les blanches étalant leur candeur[1] de madones[2],
Les roses abritant de mousse un cœur vermeil,
Les rouges, tout de flamme et tout de sang, les jaunes
À l'air mauvais, couleur de soufre et de soleil.

Celles-ci sans odeur, sans épines, pourprées,
– Il semble qu'une main les forma de rubans –
Multipliant partout leurs rosettes[3] serrées,
Ont tapissé le sol, ont envahi les bancs.

D'autres, dont l'écarlate[4] a de bizarres formes,
Pendent en chapelets, comme des cœurs vivants.
D'autres, lourdes d'arôme, aux pétales énormes,
Telles[5] des encensoirs, se balancent aux vents.

---

[1] **Candeur** : pureté, innocence, naïveté. Ce mot vient du latin *candor*, qui signifie d'abord « blancheur éclatante ».

[2] **Madones** : représentations de la Vierge Marie.

[3] **Rosettes** : disposition en cercle des feuilles ou des pétales.

[4] **Écarlate** : rouge vif.

[5] La grammaire voudrait qu'on écrivît « Tels », ce qui fausserait le vers.

Et de tous ces taillis et de chaque corolle
Il souffle un tel parfum, si troublant et si chaud
Que le cœur s'amollit, que la raison s'affole...
La chair s'émeut, faiblit, et les sens parlent haut.

Et l'air tiède charrie un philtre plus perfide,
Un poison plus subtil, un charme plus mortel
Qu'au Paradou d'Albine[1] et qu'aux jardins d'Armide[2]
Où se perdit Renaud... C'est le jardin d'Axel.

---

[1] **Paradou d'Albine** : référence au roman intitulé *La Faute de l'abbé Mouret* (1875) d'Émile Zola (1840-1902), dans lequel le personnage d'Albine se rend au « Paradou », propriété au jardin sublime. Il s'agit du cinquième volume de la série des *Rougon-Macquart*.

[2] **Jardins d'Armide** : lieux enchantés décrits dans *La Jérusalem libérée* (1581) du poète italien Torquato Tasso, dit Le Tasse (1544-1595), dont Renaud est l'un des héros. Armide, une magicienne musulmane, tombe amoureux de ce dernier et tente de le séduire en l'ensorcelant.

V
La Voix

Dans le calme du soir que trouble seul le bruit
Du jet d'eau qui sanglote[1] au marbre de la vasque,
La lune a découvert sa face qui reluit,
Comme une belle, après le bal, ôte son masque.

L'éventail de la brise éparpille dans l'air
Les parfums alanguis[2] des roses endormies.
La paix de l'heure passe et prend, sous ce ciel clair,
Tous les cœurs fatigués entre ses mains amies.

Et dans cette douceur et ce recueillement
La voix du beau chanteur s'élève, fraîche et pure.
Hésitante d'abord, elle dit mollement
La phrase mélodique achevée en murmure.

Puis, comme en un coup d'aile, elle monte, enlevant
Les traits savants sertis[3] dans les rythmes bizarres.
Elle s'enfle, elle plane et mêle dans le vent
Le timbre[4] de la cloche à l'éclat des fanfares[5].

---

[1] Variante (*Le Flambeau* et Manuscrit autographe 2) : « Du jet d'eau *sanglotant* ».

[2] **Alanguis** : qui montrent un affaiblissement, qui perdent de leur vigueur.

[3] **Sertis** : incrustés.

[4] **Timbre** : qualité spécifique et reconnaissable d'un son.

[5] Variante (*Le Flambeau*) : « *et* l'éclat des fanfares ».

Elle ondule, elle fuit : c'est l'eau d'un lac changeant.
Ses vocalises font des dessins de dentelles.
Elle est de flamme, elle est de velours et d'argent.
Elle monte en fusée[1] et roule en cascatelles[2].

Elle va s'éteignant, laissant traîner encor
Quelques notes d'adieu qui s'égrènent chacune
Comme d'un fil brisé, dans une coupe d'or,
Des perles de cristal tombant une par une…

---

[1] Variante (*Le Flambeau*) : « Elle *part* en fusée ».
[2] **Cascatelles** : petites cascades.

VI
LE VERRE ET LA TASSE

À Venise, un verrier, maître d'art, fit un jour
Ce verre de cristal ambré, veiné de rouge
Et pailleté d'or fin, qui paraît[1], tour à tour,
Une fleur qui s'incline, une flamme qui bouge.

Le pied trop frêle porte un calice[2] profond,
Comme un lys jaune sur sa tige trop chargée.
La lumière, à travers, court, s'irise[3] et se fond ;
Et l'eau que l'on y verse en vin semble changée[4].

À Sèvres[5], l'autre siècle, un homme a façonné
La tasse que voici d'une pâte si tendre
Que l'ongle y laisse un trait, et d'un ton bleu fané
Que le temps, sans égard, couvre d'un peu de cendre.

Une ronde d'Amours soutient comme un miroir[6]
Le médaillon où rit une dame poudrée

---

[1] Variante (*Le Flambeau*) : « Et pailleté d'or fin qui *semble* ».
[2] **Calice** : partie évasée du verre.
[3] **Irise** : colore des couleurs de l'arc-en-ciel.
[4] Variante (*Le Flambeau*) : « en vin *paraît* changée ».
[5] **Sèvres** : commune du département des Hauts-de-Seine qui est très réputée pour sa manufacture de porcelaine en activité depuis le XVIIIe siècle.
[6] Variante (Manuscrit autographe 2) : « Une ronde d'Amours *tient, ainsi qu'*un miroir, ».

Et sur les bords, cernés d'un filet or et noir,
Une grecque[1] circule, à moitié dédorée[2].

Ces deux objets, dit-on, sont sans prix. Toutefois,
Le verre de Venise et la tasse de Sèvres
N'ont pour moi de valeur que parce qu'autrefois
Il les a consacrés[3] au contact de ses lèvres.

---

[1] **Grecque** : ornement composé d'une suite de lignes brisées à angle droit et rentrant sur elles-mêmes.
[2] **Dédorée** : qui a perdu sa dorure.
[3] **Consacrés** : rendus sacrés.

VII
Vieille Légende

Le Dieu cruel, le Dieu terrible, impérissable,
Prit quelques gouttes d'eau, prit quelques grains de sable,
Les mêla d'un peu de lumière et de chaleur,
En fit la Terre, y mit l'homme pour son malheur,
Puis il précipita le tout au fond du gouffre,
Ayant dit : « Tourne » à l'une, à l'autre ayant dit :
[« Souffre ! »
Et créant à la fois la Vie et la Douleur.

Et la Terre tourna. L'Homme eut la Conscience,
La Raison. Il mordit à l'amère Science.
Il apprit à pleurer ; il put haïr aussi.
Le cœur rongé de Doute, il connut le Souci,
La morne Envie et la Colère qui flamboie.
Il naissait dans les maux ; il engendrait sans joie ;
Il mourait… Cinq mille ans, dit-on, ce fut ainsi.

Or, Satan, qui traînait son ennui solitaire
À travers l'Infini, rencontra cette Terre.
Il la trouva mal faite et le dit sans détour.
Il voulut y changer quelque chose à son tour
Et, plein d'orgueil, autant que de pitié profonde,
Il souffla, de sa bouche en flammes, sur le Monde
Et fit la Volupté, le Plaisir et l'Amour.

VIII
SOUS UN PORTRAIT DE GLADYS MAC ALLEN[1]

C'est un petit portrait que le temps a fané :
Une grâce de blonde au parfum suranné[2],
Un sourire timide, un doux air de souffrance ;
Sous des flots de cheveux qui coulent en ruisseau
Un visage et des yeux à tenter le pinceau
De Gainsborough[3] ou de Lawrence[4]...

Je ne l'ai pas connue. Elle est morte. Et je sens
Le regret attendri de ses bras caressants
Où peut-être elle aurait bercé mon âme amère...
Et je n'inclinerai mon front jamais assez
Devant la pauvre image aux contours effacés
De celle qui fut votre mère...

---

[1] **Gladys Mac Allen** : il s'agit de la mère anglaise d'Axel.

[2] **Suranné** : désuet, vieux.

[3] Thomas **Gainsborough** (1727-1788) : peintre, graveur et dessinateur britannique.

[4] Thomas **Lawrence** (1769-1830) : peintre britannique qui, tout comme son compatriote, était un portraitiste de renom.

IX
Le Printemps

La terre est refleurie ; elle est verte, elle est blanche.
Mon cœur enamouré vers votre cœur se penche,
Mais si timidement que je n'ose approcher…
Tant je crains de troubler le charme de cette heure
Pour qu'il s'effraye et qu'il s'envole et que je pleure
De n'avoir pas compris qu'il n'y fallait toucher.

Et je songe au pêcher fleuri qui vous ressemble
Car votre joue, ô mon amour, est tout ensemble
Ronde comme son fruit, rose comme sa fleur.
Je ne veux même pas l'effleurer d'une lèvre
Tant j'ai peur de ternir, sous mon baiser de fièvre,
Sa fraîcheur délicate et sa tendre couleur.

X
L'Été

Nous rôdons par les blés roussis que midi brûle.
Une fièvre amoureuse en nos veines circule.
Nous nous sommes couchés aux pentes des talus,
Sous le ciel bleu, moins bleu que le bleu de nos âmes,
Sous un soleil moins fort, moins ardent que la flamme
Qui consume nos sens… Et nous n'en pouvons plus.

Puis nous avons cherché les étangs et les saules.
J'ai posé mes deux mains, ainsi, sur vos épaules,
Afin de m'absorber mieux en votre beauté…
Et d'elle j'ai joui plus que je ne puis le dire
Et de vous je me suis grisée, et j'ai vu rire,
Dans vos yeux clairs, le rire immense de l'Été.

XI
L'AUTOMNE

Voici venir l'Automne, âpre et voluptueuse[1],
Conseillère perverse en robe somptueuse.
Nos cœurs désordonnés l'attendent tout exprès…
Et c'est elle qui veut que je mette ma bouche
Contre la vôtre et que j'y morde et que je touche
Votre corps de mon corps, plus près, encor plus près…

Car ses derniers rayons seront aussi les nôtres.
Défuntes ces amours, nous n'en aurons plus d'autres :
L'hiver nous guette ainsi qu'il prendra la forêt.
Hâtons-nous : Entassons les baisers, les caresses.
Crispons nos nerfs, brûlons notre sang en ivresses.
Jouissons sans remords et mourons sans regret.

---

[1] Comme le mot *amour*, qu'on trouve au féminin surtout au pluriel mais aussi quelquefois au singulier, le substantif *automne* est parfois mis au féminin dans les textes littéraires.

XII
L'Hiver

Dans la tiède langueur de la chambre bien close
Le sommeil doucement vous a gagné. Je n'ose
Bouger car vous dormez au creux de mes genoux.
Et je reste à rêver devant votre visage
Si beau, si jeune encor, si peu touché par l'âge
Qu'on dirait que le temps s'est arrêté pour vous.

Mais malgré le front lisse et la moustache blonde,
Je sais qu'il marque aussi pour vous chaque seconde
Et que vous souffrirez quand ce jour aura lui
Où la jeunesse meurt dans la beauté flétrie.
Et je pleure en baisant d'une lèvre attendrie[1]
Vos cheveux d'or hier et d'argent aujourd'hui.

---

[1] Variante (Manuscrit autographe 2) : « Et je pleure en *touchant* d'une *main* attendrie ».

XIII
Plus Haut

Ami, quand nous avons escaladé les cieux,
Que notre amour a fait de nous presque des dieux,
Quand nous avons franchi les limites sublimes,
Que[1] nous ne pouvons pas descendre encor des cimes
Et que nous palpitons au plus haut des sommets
Que nos sens[2] révulsés puissent joindre jamais…
Ne sens-tu pas qu'il est encore d'autres sphères,
Et d'autres régions et d'autres atmosphères ?…
Si haut que nous soyons, nous contemplons d'en bas
Cet Éden interdit où nous n'atteindrons pas…

Et vois-tu pas alors, par une grâce insigne,
La radieuse Mort qui de loin nous fait signe ?

---

[1] Variante (Manuscrit autographe 2) : « *Quand* ».
[2] Variante (Manuscrit autographe 2) : « *les* sens ».

XIV
Les Errants

Nous qui sommes comblés de tous les biens possibles,
Nous qui n'envions rien au bonheur des époux,
Qui possédons la table et la lampe paisibles,
Le logis bien à nous,

Nous qui ne connaissons ni préjugé ni crainte,
Qui trouvons aujourd'hui garanti par hier
Et qui laissons fleurir sans aucune contrainte
Notre amour libre et fier,

Nous pensons bien souvent à ces couples tragiques
Des amants criminels – Juifs-Errants[1] de l'Amour –
Qui s'en viennent rôder dans les cercles magiques
Des forêts d'alentour.

Traqués par la rigueur de règles surannées[2]
Où jamais leur ardeur ne se put enfermer,
Ils vont cacher, parmi les frondaisons[3] fanées,
La honte de s'aimer.

---

[1] **Juifs-Errants** : le Juif errant désigne un personnage légendaire de l'Europe médiévale qui ne peut perdre la vie, car il a perdu la mort, et qui erre à travers le monde.
[2] **Surannées** : dépassées.
[3] **Frondaisons** : feuillage des arbres.

Nul toit ne les défend, nul seuil ne les accueille,
Ils marchent, le front lourd, sournois, le pas pressé.
Le lit de leurs amours s'est formé feuille à feuille
Au revers d'un fossé.

L'homme écoute inquiet et la femme, hagarde[1],
Scrute l'épais fourré, guette les bruits au loin…
Il leur semble toujours que quelqu'un les regarde,
Invisible témoin.

D'une forte ruée, ainsi que les grands fauves,
Ils s'accouplent pourtant, furieux et tremblants.
Et les fougères font de royales alcôves[2]
À leurs corps pantelants[3].

Nous nous disons alors que leur transe parfume
D'une âcre volupté leur bel élan maudit
Et qu'ils ont mieux que nous la divine amertume
De l'amour interdit.

Nous envions leurs cris étouffés dans l'angoisse,
Leurs ébats écourtés, leurs jeux interrompus
Et leur couche incommode et dure qui se froisse
Sous leurs membres rompus[4],

Leurs recommencements d'étreintes et leurs rages
De faire trêve enfin à leurs rudes plaisirs…
Et nous nous regardons avec des yeux sauvages,
Tout chargés de désirs.

---

[1] **Hagarde** : en proie à l'égarement, au désarroi.
[2] **Alcôves** : enfoncements ménagés dans les chambres pour y installer un lit.
[3] **Pantelants** : qui respirent avec peine, qui suffoquent.
[4] **Rompus** : épuisés, très fatigués.

Dans un accord muet que notre chair devine,
Nous partons, haletants, vers le grand bois profond
Et nous nous enfonçons au creux de la ravine[1],
Pour faire comme ils font.

[1] **Ravine** : petit ravin.

XV
À MELATI

Melati[1], fille au teint de paille, aux yeux obliques,
Souple comme un bambou, frêle comme un lézard,
Lorsqu'à servir ton maître – et le mien – tu t'appliques
Je pourrais t'envier et convoiter ta part.

Ton saroeng[2] bleu, bordé de blanc, moule ta hanche.
Ton collier de corail te va mieux qu'un trésor.
Et le Maître te parle et tu frôles sa manche
De ton mince bras nu de cuivre, cerclé d'or.

D'un beau geste assoupli[3] tu lui verses à boire.
Nonchalamment tu vas, tu viens, et tu prends soin
Que de rien il ne manque. Et c'est là ta victoire
D'être si près alors que moi je suis si loin.

Le charme inconscient qui de lui se dégage
A pris ton cœur léger comme il a pris le mien
Et tous les autres cœurs des femmes de tout âge
Qui s'éprennent de lui sans qu'il en sache rien.

---

[1] Le **mélati** désigne le jasmin de Java. Il s'agit aussi d'un prénom indonésien.

[2]* **Saroeng** : longue robe javanaise. [L'orthographe *sarong* est plus courante.]

[3] Variante (Manuscrit autographe 2) : « D'un beau geste *d'Hébé* ». Hébé (Ἥβη) est la déesse grecque de la jeunesse ; elle servait les divinités en tant qu'échansonne avant l'arrivée de Ganymède.

Quand ton être troublé de lui se sent avide,
Quand tout ce qu'il toucha devient sacré, tu peux
Mordre au fruit qu'il laissa, mettre à la tasse vide
Ta lèvre et respirer l'odeur de ses cheveux.

Tu peux suivre ses pas dans les mêmes allées,
Dormir les mêmes nuits, veiller les mêmes soirs,
Voir le même soleil sur les mêmes vallées
Et regarder ton corps dans les mêmes miroirs.

Il n'a pas souhaité cet amour qui le flatte
Mais ta grâce l'amuse et tu peux t'y tromper.
Il t'a permis de reposer sur une natte[1]
En travers de sa porte où tu n'as qu'à frapper.

Je sais qu'à son désir tu t'es abandonnée ;
Je sais que ses baisers ont marbré ton cou nu.
Qu'importe ! Je me suis en toi-même incarnée.
Et que t'a-t-il donné qui ne me fut rendu ?...

Aux sommets de l'amour il ne pouvait atteindre
Sans évoquer l'image absente qu'il gardait...
C'est moi qui lui donnais la force de t'étreindre.
En ta personne, enfin, c'est moi qu'il possédait !

Et c'est là mon triomphe et c'est là le mystère
D'un simulacre vain qui suffit à ton cœur.
Mais tu restes mon ombre et tu n'es que le verre
Où, s'il a soif, il boit l'amour en mon honneur...

---

[1] **Natte** : pièce de tissu, de paille ou de jonc servant de couchette.

XVI
La Bouche

Ni sa pensée, en vol vers moi par tant de lieues,
Ni le rayon qui court sur son front de lumière,
Ni sa beauté de jeune dieu qui la première
Me tenta, ni ses yeux – ces deux caresses bleues ;[1]

Ni son cou ni ses bras, ni rien de ce qu'on touche,
Ni rien de ce qu'on voit de lui ne vaut sa bouche
Où l'on meurt de plaisir et qui s'acharne à mordre,

Sa bouche de fraîcheur, de délices, de flamme,
Fleur de volupté, de luxure et de désordre,
Qui vous vide le cœur et vous boit jusqu'à l'âme…

---

[1] Variante (Manuscrit autographe 2) : « Me *charma,* ni ses yeux – ces deux caresses bleues – ».

XVII
La Chanson de Mahéli

La maîtresse blanche et blonde
Dont l'amour t'ensorcela
Est à l'autre bout du monde :
    Je suis là !

Pour ma joie, évoque celle
Qui met ton être en émoi.
Désire-la, meurs en elle…
    Et prends-moi.

C'est elle qui met la flamme
Au bûcher où je me tords.
Que me fait qu'elle ait ton âme :
    J'ai ton corps !

J'ai la chair ; elle a le rêve.
Je te presse, je te sens…
Elle a ton cœur : j'ai la sève
    De tes sens.

XVIII
Le Pétale

Sous le portrait de mon amant
Une rose meurt dans un verre.
Elle agonise exquisément
Avant de s'effeuiller à terre...

Un large pétale bombé,
Ainsi qu'une chose très lasse,
Se détache, glisse, est tombé...
Pieusement je le ramasse.

À son doux contact satiné
Mes doigts s'émeuvent de tendresse.
D'un lent mouvement obstiné
Ce n'est pas lui que je caresse...

Mon baiser pervers s'est posé
Et mes lèvres se pâment d'aise[1]
Sur le beau pétale rosé...
Et ce n'est pas lui que je baise.

[1] **Se pâment d'aise** : sont sous le coup d'une émotion due à un profond bien-être.

XIX
Dédaignée

Maître, je voudrais consacrer ma vie
À baiser le sol que foulent tes pas.
Même, tu peux bien, si c'est ton envie,
Marcher sur mon corps dont tu ne veux pas.

Non ?... Ou je voudrais passer ma jeunesse
À suivre des yeux ton ombre au soleil.
Puis, en attendant que le jour renaisse,
Couchée à tes pieds, guetter ton réveil.

Non ?... Ou je voudrais quelque temps encore
– Tant que fleurira mon humble beauté –
Pouvoir respirer l'odeur que j'adore
De tes cheveux blonds qui sentent le thé.

Non ?... Ou je voudrais mettre sur ta bouche
Dont j'ai le désir – ne fût-ce qu'un jour –
Mon baiser qui mord les lèvres qu'il touche,
Mon baiser cruel, mon baiser d'amour.

Non ?... Ou je voudrais pour une heure à peine
– Rien qu'une heure, hélas ! ce n'est pas beaucoup –
Me suspendre à toi pour faire une chaîne
Avec mes deux bras autour de ton cou.

Non ? Tu ne veux pas ?... Vainement je pleure.
Mais je prierai tant que tu voudras bien
Prendre pour l'amour – avant que j'en meure –
Mon corps frêle et nu tout contre le tien...

XX
Le Gris et le Bleu

Nous avons regardé le monde
Selon la couleur de nos yeux.
J'avais une âme âpre et profonde ;
Il avait un beau cœur joyeux.

Moi j'étais folle ; il était sage,
Le meilleur entre les meilleurs.
Il eut le sourire en partage ;
Je n'avais que le don des pleurs.

Il voyait la beauté des choses
Sans le spectre du lendemain
Et respirait l'odeur des roses
Dont l'épine entrait dans ma main.

Il me disait : « Prenez ce vase ;
Sans voir le fond mettez au bord
Vos lèvres et buvez l'extase… »
Mais mon tourment était plus fort ;

Je voulais atteindre à la lie[1],
Connaître la raison de tout
Et satisfaire ma folie
De voir la pièce jusqu'au bout.

---

[1] **Atteindre à la lie** : ici, atteindre le fond des choses. La lie est le dépôt épais laissé au fond d'une bouteille par certaines substances, notamment par le vin.

Il me disait : « Levez la tête :
Ils ne sont pas morts, tous les dieux.
Voyez aujourd'hui quelle fête
Et sur la terre et dans les cieux.

L'herbe pousse. Qu'il fait bon vivre !
Hormis la Nature, tout ment.
Ne pensez plus. Fermez ce livre.
Laissez-vous vivre seulement.

N'écoutez que votre cœur battre.
Acceptez la douleur aussi :
On souffre plus à se débattre.
Ne parlez pas. Restez ainsi.

Entendez-vous le crépuscule
Qui descend sur les bois calmés ?...
C'est la dernière libellule
Et les liserons[1] sont fermés.

Si vous voulez, près de ce saule,
Tous deux, ainsi, nous dormirons,
Votre tête sur mon épaule... »
Et j'ai répondu : « Nous mourrons.

Que vaut notre désir avide ?
Pourquoi l'aile ? À quoi bon l'effort ?
L'espérance meurt dans le vide
Et tout a l'odeur de la mort.

---

[1] **Liserons** : plantes dont les fleurs, le plus souvent blanches, roses ou violettes, ont la forme d'un entonnoir.

Nous tâtonnons dans les ténèbres.
Le tumulte de notre cœur
Va battant des marches funèbres.
Le néant est partout vainqueur.

Et qu'importe d'avoir pu naître !
Que sert de s'être tant aimés
Puisque vos yeux d'iris[1] peut-être
Avant les miens seront fermés ;

Et qu'un jour, entre quatre planches,
Notre corps doit être emporté,
Vêtu de la robe sans manches
Qu'on garde pour l'éternité ! »

Ainsi, suivant ma destinée
Qui sera, jusqu'aux derniers soirs,
Et fut, depuis que je suis née,
De souffler sur tous les espoirs,

Je versais toute l'amertume
Dans la coupe qu'il me tendait,
Et mon triste voile de brume
Sur son clair soleil descendait.

Traînant, entre de mornes crises,
Le poids de mon cœur soucieux,
Je n'ai vu que des choses grises
À travers le gris de mes yeux.

---

[1] **Iris** : fleur mauve.

XXI
Ramasseurs de rayons de lune

Où nous allons si gravement,
De ce pas, sans chercher fortune ?...
Mais nous allons tout simplement
Ramasser des rayons de lune

Et, sous un ciel de vision,
Nous embarquer sur un nuage
Pour la Terre d'Illusion
Et le Continent de Mirage.

Ne riez pas, vous qui n'avez
Jamais chevauché la Chimère[1]
À travers les lointains rêvés
De notre domaine éphémère ;

Vous qu'on n'a jamais vu souffrir
Du mal des limites étroites ;
Vous, contents de toujours courir
Tout droit les mêmes routes droites ;

Vous qui ne croyez qu'au compas,
À la règle, aux chiffres, aux bases ;
Vous dont le cœur ne s'émeut pas
Au rythme caresseur des phrases ;

---

[1] **Chimère** : monstre imaginaire ; par extension, idée sans rapport avec la réalité.

Vous, les prêtres de la Raison,
Qui piétinez les étincelles ;
Vous qui mettriez en prison
Les élans, les essors, les ailes ;

Vous qui n'avez jamais eu faim
De l'irréel, de l'indicible ;
Vous qui n'étouffez pas, enfin
Vous qui doutez de l'impossible...

En vérité, je vous le dis,
Chez les Anges qui nous envoient,
Nous avons vu des paradis
Que ne verront pas ceux qui voient.

Nous avons écouté dans l'air
De la musique de merveille
Et dont vos oreilles de chair
N'entendront jamais la pareille.

Assoiffés, nous avons goûté
À de divines ambroisies[1],
Vous laissant le bouquet gâté
De toutes vos boissons moisies.

D'autres parfums nous ont grisés
Que l'odeur de vos fades roses ;
Des souffles nous ont caressés
Où palpitait l'âme des choses.

---

[1] **Ambroisies** : l'ambroisie était, avec le nectar, la nourriture des divinités grecques.

Nous avons, dans l'achèvement
Des recherches que l'on dédaigne,
Trouvé le cinquième élément[1]
Avec le quatrième règne[2] ;

La nouvelle dimension,
Le huitième son de la gamme[3]...
Et mis le Noir – comme un rayon –
Au front de l'arc-en-ciel en flamme.

Nous avons trouvé le moyen,
Dans un petit pot sans couvercle,
De faire de l'or avec rien...
Et la quadrature du cercle.

Nous avons tout vu, connu tout,
De l'infime jusqu'à l'extrême,
Et parcouru du bout au bout
L'Infini – qui tient en nous-même.

Et de vos gosiers ébahis
Ne tirez point une harangue[4],
Car vous êtes trop d'un pays
Dont nous n'entendons plus la langue.

---

[1] **Cinquième élément** : référence aux quatre éléments, la terre, l'air, le feu et l'eau. Il s'agit certainement ici de ce que philosophes ou alchimistes appellent la quintessence.

[2] **Quatrième règne** : référence aux règnes animal, végétal et minéral. Le quatrième règne serait le règne divin.

[3] **Huitième son de la gamme** : référence aux sept notes de la gamme de musique.

[4] **Harangue** : discours solennel.

Vous, les Sages, laissez en paix
Les Songe-Creux[1] et les poètes,
Ceux qui pleurent quand ils sont gais,
Ceux qui sont tristes dans les fêtes,

Les inconsolables, les fous
Qui vont chantant leur infortune,
Les très inoffensifs et doux
Ramasseurs de rayons de lune…

---

[1] **Les Songe-Creux** : personnes qui nourrissent leur esprit de rêveries.

XXII
UNE HISTOIRE[1]

Nous sommes installés, chacun bien à son aise,
Lui dans le grand fauteuil et moi sur une chaise
Basse, à ses pieds. Croisant les mains sur les genoux,
Il se recueille et dit d'un ton traînant et doux :
« Mon cher amour, je vais vous conter une histoire,
Bien plus belle que la légende, et qu'on peut croire
Véridique en tous points. Mon récit aura trait
À celui dont je suis le très humble portrait.

Donc, en seize-cent-vingt, dans l'atelier du Maître,
À peine ayant vingt ans, Van Dyck promettait d'être
Le rival de Rubens – rival souvent heureux
Dans la grâce et le charme. Un père rigoureux,
Riche marchand confit dans les choses sacrées[2],
Des sœurs aimantes mais dévotes, timorées[3],
S'effrayaient de le voir mordre à si belles dents
À tout ce que la vie a de plaisirs ardents.
Un cœur prompt à s'éprendre et son gentil visage
À ces tentations l'exposaient davantage ;
Et plus d'une déjà – non des moindres – avait
Guigné[4] la bouche fraîche avec son fin duvet,
Les yeux rieurs et doux… Rubens hochait la tête.

---

[1] Voir, plus haut, le poème I, « Sosie ».
[2] **Confit dans les choses sacrées** : imprégné de religiosité.
[3] **Timorées** : craintives.
[4] **Guigné** : regardé à la dérobée.

Le père se fâcha, mena belle tempête[1].
Le Doyen, consulté des premiers, conseilla
D'éloigner au plus tôt d'Anvers cet enfant-là.
Puis, selon la coutume à jamais établie,
Il était temps qu'il prît son vol vers l'Italie.
Et, sur un cheval blanc dont Rubens lui fit don,
Il partit avec beaucoup d'or – et son pardon.

Mais, dès les premiers jours de ce premier voyage,
Il s'arrêta dans une auberge de village,
Sur les bords de la Woluwe[2], à Saventhem[3],
Où vivait en ce temps Messire[4] Van Ophem[5].
Et bientôt il ne fut bruit que de l'arrivée
De ce beau cavalier qui fait à main levée,
En trois coups de pinceau, pour l'ébahissement
Des badauds[6], un portrait aussi facilement.
Les notables du lieu vinrent voir ce prodige.
Séduits par le talent moins que par le prestige
De la bonne façon de l'artiste inconnu,
Ils firent bel accueil à ce nouveau venu.
Du Seigneur Van Ophem Van Dyck se trouva l'hôte.
Nous ne douterons point que ce fut une faute
D'introduire en la bergerie un pareil loup…
Il ne fit que paraître et prit en un seul coup,

---

[1] **Mena belle tempête** : expression imaginée connotant la colère.
[2] **Woluwe** : petit cours d'eau, affluent de la Senne en Belgique.
[3] **Saventhem** (aujourd'hui Zaventem) : ville néerlandophone de Belgique, située dans le Brabant flamand.
[4] Variante (Manuscrit autographe 2) : « Où vivait en ce temps *le Seigneur* ».
[5] Martin **Van Ophem** : mayeur (premier magistrat municipal) de Saventhem.
[6] **Badauds :** personnes qui s'arrêtent dans leurs flâneries afin de regarder les spectacles les plus quelconques, en s'étonnant de tout.

Comme on force une porte ou qu'on brise des grilles,
Les quatre cœurs divers des quatre jeunes filles,
Et les sœurs Van Ophem : Renelde, Berthe, Emma,
Raffolèrent du peintre. Isabelle l'aima.

Van Dyck, comblé d'honneurs, peignait après les fêtes,
Se partageant entre son art et ses conquêtes.
L'émoi qu'il éveilla le gagnant à son tour,
Pour Isabelle il s'enflamma d'un grand amour,
Le premier qui fleurit dans son cœur juvénile.
La fille noble et le fils du "Château de Lille"[1]
Se fiancèrent en secret, comptant pour rien
La naissance, le rang, le plus ou moins de bien.
Point de soupçons : point de surveillance importune.
Je ne vous dirai point tout ce qu'au clair de lune
Ils échangèrent de serments et de baisers.
Ce sont jeux qu'aussi bien que moi vous connaissez,
Choses sublimes, ridicules, éternelles !...

Mais voici qu'un beau jour les craintes paternelles
S'éveillent. Sur Van Dyck les bruits les plus divers
Commencent à courir dans la ville d'Anvers.
Rubens s'émeut ; l'étrange nouvelle le frappe.
Il saura la raison d'une aussi longue étape.
Il n'y tient plus ; il va partir pour Saventhem.
Van Dyck en vain déclare au Seigneur Van Ophem
Qu'il aime honnêtement sa fille. Quoi ! prétendre
À la main d'Isabelle ! Un noble aurait pour gendre

1* « Het kasteel van Ryssel », enseigne de la maison du père Van Dyck, à Anvers.

Un roturier[1], fils de marchand, un peintre !…[2] Ah ! non.
Van Ophem s'indignait ; Rubens parla raison.
L'un sermonnant sa fille et l'autre son élève,
Ils coupèrent à deux les ailes au beau rêve.
Notre amoureuse fut enfermée au château.
Van Dyck, tout contristé[3], terminait le manteau
Rouge du Saint Martin[4] commandé pour l'église.
Isabelle, s'aidant de ruse, s'était mise
À chanter son chagrin, afin que, du parloir
Il pût l'entendre au moins s'il ne pouvait la voir.
Il fallait en finir, hâter le sacrifice.
Pour l'adoucir, Rubens, usant d'un artifice,
Promit qu'on s'épouserait plus tard… Il obtint
Que Van Dyck repartît. Jamais il ne revint.

Insouciant de cœur et léger par nature,
Le peintre eut vite fait d'oublier l'aventure.
Le souvenir, confus, comme un songe banal,
S'en perdit en chemin, au trot de son cheval.
Je vous ai dit déjà sa merveilleuse histoire ;
Ce cortège d'amour sur sa route de gloire
Et comme le caprice ironique du sort
Fit si belle sa vie et si triste sa mort…
Isabelle, pourtant, toute s'était donnée.
Maint seigneur en renom et de haute lignée
Vainement la pria d'amour. Elle voulut
Rester fille et dans la retraite se complut[5],

---

[1] **Roturier** : personne qui n'est pas noble.

[2] Variante (Manuscrit autographe 2) : « *Un peintre, un roturier, fils de marchand* ! ».

[3] **Contristé** : profondément attristé.

[4] **Saint Martin** : saint qui partagea son manteau – devenu par la suite une relique – avec un déshérité transi de froid.

[5] **Se complut** : trouva satisfaction.

Tandis que son amant, ainsi qu'un météore,
Éblouissait le monde. Et lorsque, jeune encore,
Épuisé de travail, déçu dans son orgueil,
Van Dyck mourut, la douce fille prit le deuil
Et coupa ses cheveux de blonde en sacrifice.
Les pauvres du village eurent le bénéfice
De mille pains, nous dit la chronique du temps.

Isabelle vécut quatre-vingt-dix-huit ans ;
Et malgré son grand âge et sa vue affaiblie,
Par la poussière[1] ou sur la route ensevelie
Sous la neige, à tâtons, forte de son amour,
Elle venait prier sans faute chaque jour,
Pour l'âme du défunt dans la petite église.
Jusques au crépuscule elle restait assise
Devant le Saint Martin que peignit son ami[2],
Évoquant dans son cœur si vieux, presque endormi,
Les yeux bleus caressants et la moustache blonde
De celui qui fut tout pour elle dans ce monde…

Et j'aime imaginer qu'à l'approche du soir
Le spectre de Van Dyck, drapé du manteau noir,
Pour elle revenait sous les voûtes désertes…
Ne le croyez-vous pas aussi, mon amour ? — Certes ! »

---

[1] Variante (Manuscrit autographe 2) : « Par *le soleil* ».
[2] On peut toujours admirer cette huile sur toile, intitulée *La Charité de Saint Martin*, dans l'église Saint-Martin de Zaventem.

XXIII

卐 Le Swastika 卍

Signe mystérieux par l'Inde révéré,
Swastika[1], croix gammée aux lignes fatidiques[2],
Figure inquiétante, emblème consacré
Des cultes abolis et des dogmes véhdiques[3],

Qu'on te trouve sculpté dans la pierre, recuit
En quelque poterie ou tracé sur le sable
Au gré d'un doigt distrait, tu restes plein de nuit,
Et ton sens primitif demeure insaisissable.

Dans l'entrelacement que font tes traits aigus
L'esprit en vain scrute l'arcane[4] que tu voiles.
Ta forme maléfique, aux angles ambigus,
A l'air hostile et froid d'un groupement d'étoiles.

---

[1] **Swastika** : symbole en forme de croix à quatre branches égales et coudées, présent dans de nombreuses civilisations anciennes et aujourd'hui encore considéré comme un symbole sacré dans plusieurs religions, comme l'hindouisme et le bouddhisme. En sanskrit, ce mot peut se traduire par « bonne fortune ». Appelé « croix gammée », il est devenu l'emblème du parti nazi allemand en 1920, puis du IIIe Reich, sous l'influence de Hitler.

[2] **Fatidiques** : qui marquent un arrêt du destin.

[3] **Véhdiques** : le védisme est une religion de l'Inde dont les textes sacrés sont appelés Véda.

[4] **Arcane** : secret, chose cachée.

Découpé dans l'argent, en amulette, ou bien
Gravé sur l'or terni des colliers et des bagues,
Ton carré nous obsède où l'on ne comprend rien
Et ton énigme emplit l'âme de terreurs vagues...

Toute l'Inde héroïque a pourtant sous ta loi
Rangé les vœux et les promesses solennelles ;
Et les amants et les époux[1] ont fait de toi
Le symbole sacré des amours éternelles,

De celles que la mort n'éteint pas, qui s'en vont,
À travers tous les Nirvânas[2] et les barrières,
Veiller sur des tombeaux en ruine et qui font
Se chercher et se joindre encore deux poussières...

Ainsi, venu du plus profond des siècles, Swastika
Plus secret que les plus obscurs hiéroglyphes,
L'Amour te reconnut et te revendiqua,
Et tu règnes avec des cœurs entre tes griffes.

---

[1] Variante (Manuscrit autographe 2) : « Et les *époux* et les *amants* ».

[2] **Nirvânas** : concept philosophique et spirituel qu'on trouve, entre autres, dans le bouddhisme et hindouisme, signifie « extinction » des passions ou de l'ignorance, « apaisement » et « libération » (entre autres, du cycle des réincarnations), et renvoie à un état d'éveil, voire de béatitude.

XXIV
L'Arbre

Sous la lumière oblique et diffuse des mois
D'automne, la Nature a nuancé les bois
De ces tons violets et roux chers aux artistes,
Et, la main dans la main, nous marchons pas à pas,
Sans parler, car nos cœurs s'entretiennent tout bas...
Nous sommes très heureux et, partant, un peu tristes.

« Regardez là, me dit soudain mon compagnon,
Ce coin exquis de paysage du Japon :
Sur le fond de ce lac de jade[1] un arbre plaque,
Sans perspective, en éventail, ses branches d'or.
Le bleu nacré du ciel complète ce décor...
Quel merveilleux sujet pour un coffret de laque[2] !

Imaginez un grand lotus rose, un jet d'eau,
Le vol d'une cigogne et qu'au loin c'est Yédo[3] ;
Et dans cet air léger laissez flotter votre âme. »
Je contemple, charmée, et je vois ce qu'il vit.
Une femme s'approche et, curieuse, dit :
« Que regarde-t-on là ? — Mais cet arbre, Madame. »

---

[1] **Jade** : pierre de couleur vert sombre.
[2] **Laque** : vernis utilisé en Chine et au Japon.
[3] **Yédo** : ancien nom de Tokyo (jusqu'en 1868).

Elle n'a pas compris et s'éloigne. Celui
Qui me montrait l'arbre et le lac dort aujourd'hui
Sous le poids éternel de son tombeau de marbre...
Vivante, j'ai traîné mon cœur mort vers l'exil.
Au bord de l'eau, là-bas, peut-être l'arbre a-t-il
Aussi péri... Mais moi je verrai toujours l'arbre.

XXV
L'INSULINDE[1]

C'est un grand navire aux flancs peints en noir,
Le plus fin coureur de toute la flotte.
Sans pâlir, jamais je n'ai pu le voir…
Rouge, blanc et bleu, son pavillon flotte.

Il porte à l'avant, sculpté dans le bois,
Un visage étrange et charmant de femme,
Qui semble pleurer et rire à la fois.
Il file onze nœuds et tient bien la lame[2].

Le vent qui renvoie au pont ruisselant
Le panache roux des trois cheminées
Mêle à l'air salin[3] le subtil relent[4]
Des choses d'Asie emmagasinées.

Avec des trésors comme cargaison,
Il a fait cent fois la route de l'Inde
Malgré la tempête ou sous la mousson…
Il porte un beau nom d'orgueil : *l'Insulinde*.

---

[1] **L'Insulinde** : vaste archipel, autrefois appelé Malaisie, situé en Asie du Sud-Est. Il comprend les îles de la Sonde, où naquit Axel. Ici, le nom désigne le navire de ce dernier.

[2] **Lame** : vague.

[3] **Salin** : chargé de sel.

[4] **Relent** : odeur persistante.

Il a si souvent emmené là-bas
Le bien le plus cher que j'avais au monde ;
Il me l'a tant pris que je ne peux pas
Le voir sans sentir ma haine qui gronde…

Et ces matelots qui chantent en chœur,
Le ronflement sourd de ces trois hélices,
La cloche du bord, tout fait à mon cœur
Le plus raffiné qui soit des supplices.

Il a levé l'ancre à la fin du jour ;
On le voit encore au tournant du fleuve
Et déjà mon cœur attend son retour…
Le soleil s'éteint et je me sens veuve[1].

La couchette étroite où dort mon ami,
La haute dunette[2] et l'énorme cale
Passent sous mes yeux fermés à demi…
Mon rêve suivra, d'escale en escale.

. . . .

Et comme un instinct me l'avait prédit,
Pavillon en deuil, d'une île lointaine
Il est revenu, le bateau maudit,
Il est revenu… sans le Capitaine !

---

[1] Variante (Manuscrit autographe 2) : « et *mon âme est* veuve ».
[2] **Dunette** : superstructure élevée sur le pont arrière d'un navire.

XXVI
Lettre sans adresse

Mon cher amour, je vous attends.
Le ciel est bleu, la forêt verte.
On dirait que tout le printemps
Entre par ma fenêtre ouverte.

Mon cœur tout neuf a soif de vous
Et mon être entier vous appelle…
Je vous adore à deux genoux
Et mon âme est une chapelle.

C'est un dieu païen qu'on y sert
D'un culte pervers et candide…
Sans lui mon ciel serait désert
Et mon univers serait vide.

Mon cher amour, dieu de ma foi,
Unique soleil de ma terre,
Je vous attends, venez à moi,
Afin que je me désaltère,

Que je me rassasie alors
Et que je me chauffe à la flamme
De la beauté de votre corps
Qui vaut bien celle de votre âme…

Oh ! l'or bruni de vos cheveux !
Vos longs cils noirs qui font de l'ombre
Sur votre joue en fleur, vos yeux
Qui sont faits de velours bleu sombre !

Votre pur profil, votre front
Et votre bouche encor meilleure !
Toutes ces choses qui seront
Mes délices avant une heure !

Votre cou qui m'ensorcela
Avec son petit pli que j'aime,
Et vos bras nus et tout cela
Qui fait que vous êtes vous-même !

Vos mains d'où pour moi tomberont
Tant de caresses défendues...
Et vos dents blanches qui mordront
À mes épaules éperdues !...

Et quand nous aurons bien goûté
Toute la divine aventure
Et tout ce qui fut inventé
Par l'ingénieuse luxure...

Nous pourrons encore jouir
– Et rien que d'y penser je tremble –
Du plaisir exquis de dormir
Cœur à cœur, joue à joue, ensemble.

Mais voici que déjà le jour
Baisse et que la lune se lève.
Je vous attends, mon cher amour...

Las ! il est mort. Et moi je rêve…

XXVII
FINS DERNIÈRES

C'est fête aujourd'hui, mon amour ;
Je viens frapper à votre porte.
Notre bonheur est de retour :
Vous êtes mort et je suis morte.

Faites-moi, dans ce lit sans draps,
Une place, que je me couche
Entre ce qui fut vos deux bras,
Près de ce qui fut votre bouche.

Nous allons à deux nous plonger
Dans le Grand Tout qui nous réclame.
Nos corps vont se désagréger[1]
Pour un effroyable amalgame[2].

Notre chair, lambeau par lambeau,
Va se dissoudre en pourriture,
Reprise, à travers le tombeau,
Par le creuset de la nature ;

Nos os, par un beau soir d'été,
Tomberont les uns sur les autres...
Ne plus savoir – ô volupté ! –
Quels sont les miens, quels sont les vôtres !

---

[1] Variante (Manuscrit autographe 2) : « vont se *décomposer* ».
[2] **Amalgame** : mélange d'éléments.

À leur tour ils s'effriteront
En une impalpable poussière
Et tels, enfin, ils monteront
Dans un infini de lumière.

Nos atomes purifiés,
Emportés par le vent qui passe,
Comme en des vols extasiés,
S'éparpilleront dans l'espace.

Et sous les évolutions
D'éternelles métamorphoses,
Nous danserons dans les rayons
Ou nous ferons fleurir les roses.

XXVIII
OBSESSION

C'est un air qu'il avait chanté,
Un banal refrain d'Italie
Dont le charme était emprunté
À la douce voix assouplie ;

C'était un air tendre et moqueur,
Mêlé de tristesse et de joie,
Qui vous enveloppait le cœur
Comme dans des mailles de soie.

Le beau chanteur s'en est allé ;
La voix chère à jamais s'est tue…
J'entends toujours le chant ailé
Vibrer à travers l'étendue…

Quelque chose est resté dans l'air
De la langoureuse romance ;
Et la musique de cet air
Recommence et puis recommence…

Tout le jour, au-dedans de moi,
J'écoute les notes dolentes[1].
Comme des cloches en émoi,
Le soir elles sonnent plus lentes…

---

[1] **Dolentes** : qui expriment la douleur et la plainte.

Dans l'apaisement du sommeil
S'affaiblit leur onde sonore,
Mais, au premier coup du réveil,
C'est la molle cadence encore…

Au vent d'hiver, au vent d'été,
Avec sa voix rauque et méchante,
C'est la mer, à présent, qui chante,
Pour moi, tout ce qu'il a chanté.

XXIX
Le Bouquet

Sans parfum, sans fraîches couleurs,
À peine jaunes, presque vertes,
Ce sont là de bien tristes fleurs
Qui maintenant vous sont offertes.

Peu sont plus laides – si jamais
Des fleurs peuvent être vilaines –
Du bord de la mer aux sommets
Des montagnes et par les plaines.

Sous le vent et le soleil durs
Entre les herbes desséchées
Et dans les fentes des vieux murs,
Tout le jour je les ai cherchées.

Leur maigre tas tient dans le creux
De ma main. Pour finir, j'ajoute,
En me blessant, trois chardons bleus
Ramassés au bord de la route,

Quatre feuilles de framboisier,
Le plumet[1] d'une graminée ;
Je lie avec un brin d'osier…
Et ma cueillette est terminée.

---

[1] **Plumet** : bouquet de feuilles ou de brins.

Je trouve encor dans le gazon
Une scabieuse[1] – ô victoire ! –
Et je reviens à la maison
Avec mon bouquet dérisoire[2].

C'est pauvrement vous honorer.
Ce cadre où sourit votre image,
J'aurais voulu le décorer
Plus joliment et davantage.

Mais c'en est fait, mon doux ami,
Des grands iris et des pervenches,
Du liseron[3] mauve endormi
Le soir, des mimosas en branches…

Je n'ai que des plantes de gueux,
De minuscules fleurs de soufre…
Et ces humbles vous diront mieux
Mon amour qui s'obstine et souffre.

---

[1] **Scabieuse** : plante à fleurs.
[2] **Dérisoire** : qui a peu d'importance.
[3] **Liseron :** plante dont les fleurs ont la forme d'un entonnoir.

XXX
CONFIDENCE

Écoutez, je vais vous parler de mon ami.

Ne croyez pas qu'il soit à jamais endormi
Et que la mort l'ait pris sans qu'il laisse une trace...
Son souvenir, en moi, demeure plus vivace
Qu'un lierre qui s'accroche aux flancs d'un rocher nu...

Et cet homme me dit : — Je ne l'ai pas connu.

— Vous, Madame, écoutez. Que je puisse vous dire
Tout ce que je voyais rien que dans son sourire,
Et comme il était doux et comme...

— Mais cela
Ne m'intéresse point, interrompt celle-là.

— Vous alors, le dernier qui traversez la route.
Ah ! celui-ci m'entend. Il s'arrête. Il m'écoute.
Il me regarde... Puis, avec un air lassé,
En secouant la tête, il passe... Il est passé.

Donc ce n'est plus qu'à vous, Nature Souveraine,
Que je dirai son nom.
Écoutez, nuit sereine
Qui remplissiez nos cœurs de votre enchantement ;
Amicale clarté de la lune dormant

Sur les nuages roux que la brise rassemble ;
Forêt ensorceleuse où nous errions ensemble ;
Fil ténu du ruisseau d'argent qui serpentait
Dans l'herbe ; oiseaux qui vous taisiez quand il chantait ;
Fleurs sans beauté des bords du chemin, si charmantes ;
Vous les genêts[1], vous les liserons[2], vous les menthes ;
Gazons brûlés de juin où nous avons dormi...
Écoutez : je vais vous parler de mon ami.

On eût dit, à le voir, un prince de légende,
Avec ses cheveux d'or et ses yeux bleu-lavande.
Son sourire semblait un rayon de soleil
Et son esprit à son visage était pareil.
La bonté de son âme allait à toute chose.
Il s'emparait d'un cœur comme on cueille une rose,
Et ce cœur jamais plus ne s'écartait de lui.
Sans rien prendre en échange il avait pour autrui
Cette main qui se tend, cette voix qui console ;
Sa caresse était moins douce que sa parole.
Et je l'aimais...
Bois obscurs, cieux illuminés,
Ah ! comme je comprends que vous me comprenez !...

[1] **Genêts** : plantes à fleurs jaunes et odorantes.
[2] **Liserons** : plantes dont les fleurs, le plus souvent blanches, roses ou violettes, ont la forme d'un entonnoir.

XXXI
Oubli

Je dois vous oublier, ô mes chères amours.
On ne peut pas pleurer et regretter toujours
Ses morts. C'est mal de s'isoler dans sa tristesse.
On se doit aux vivants. Et, pour vous, j'ai bien fait
Ce que je devais faire ; et cela, c'est parfait
Mais c'est assez. Des gens l'ont dit, pleins de sagesse

Et remplis de bonté. Mais ils ne savaient rien
De vous, de votre esprit, de votre cœur... du mien
Qui ne battait que pour sentir battre le vôtre...
Ils ne comprennent pas. Et cependant je veux,
Pour montrer ma vaillance et me rendre à leurs vœux,
M'absorber un moment en quelque chose d'autre

Et je ne pense pas à vous – ou je le crois.
On me parle. Je ris. Mais quelle est cette voix
Qui dit mon nom ? Quelle est cette main qui me touche,
Comme pour un rappel, dans l'ombre où je passais ?
Ce n'est rien. C'est le vent de la mer ; je le sais.
Mais quel est ce baiser que je sens sur ma bouche ?...[1]

Quels sont ces yeux voilés dont le regard me suit ?
Ce n'est qu'une lueur, sans doute, dans la nuit.
Ce n'est rien. Mais quelle est cette forme impalpable

---

[1] Variante (Manuscrit autographe 2) : « Mais *d'où vient* ce baiser que je sens sur ma bouche ? ».

Qui se détache ainsi sur un écran brouillé
Et reconquiert d'un coup mon cœur émerveillé ?
Ah ! c'est vous, vous, mon doux amour – inoubliable !…

XXXII
Les Mains

Chères mains que la Mort pour jamais a croisées,
Si pleines autrefois de tout ce qui fut doux ;
Mains de belle vaillance, aujourd'hui reposées,
Comme je me souviens de vous !

Mains de blancheur, mains de tendresse, mains de grâce,
Mains de triomphe avec des gestes caressants,
Dans votre forme pure à la fois fine et grasse
Je vous subis et je vous sens.

J'ai conservé sur moi votre empreinte invisible :
– Le souvenir demeure où vous avez passé –
Et je garde de vous le désir impossible
Et le regret inapaisé.

Et je veux retenir de l'illusion brève
D'un songe où m'apparaît votre dessin charnel
Votre toucher d'amour avec des doigts de rêve,
Ô chères mains mortes d'Axel…

XXXIII
La Torche

Je vous aime, mon corps, qui fûtes son désir,
Son champ de jouissance et son jardin d'extase
Où se retrouve encor le goût de son plaisir
Comme un rare parfum dans un précieux vase.

Je vous aime, mes yeux, qui restiez éblouis
Dans l'émerveillement qu'il traînait à sa suite
Et qui gardez au fond de vous, comme en deux puits,
Le reflet persistant de sa beauté détruite.

Je vous aime, mes bras, qui mettiez à son cou
Le souple enlacement des languides[1] tendresses.
Je vous aime, mes doigts experts, qui saviez où
Prodiguer mieux le lent frôlement des caresses.

Je vous aime, mon front, où bouillonne sans fin
Ma pensée à la sienne à jamais enchaînée.
Et pour avoir saigné sous sa morsure, enfin,
Je vous aime surtout, ô ma bouche fanée.

Je vous aime, mon cœur, qui scandiez à grands coups
Le rythme exaspéré des amoureuses fièvres,
Et mes pieds nus noués aux siens et mes genoux
Rivés à ses genoux et ma peau sous ses lèvres...

---

[1] **Languides** : languissantes, langoureuses.

Je vous aime, ma chair, qui faisiez à sa chair
Un tabernacle[1] ardent de volupté parfaite
Et qui preniez de lui le meilleur, le plus cher,
Toujours rassasiée et jamais satisfaite.

Et je t'aime, ô mon âme avide, toi qui pars
– Nouvelle Isis[2] – tentant la recherche éperdue
Des atomes dissous, des effluves épars
De son être où toi-même as soif d'être perdue.

Je suis le temple vide où tout culte a cessé
Sur l'inutile autel déserté par l'idole ;
Je suis le feu qui danse à l'âtre délaissé,
Le brasier qui n'échauffe rien, la torche folle…

Et ce besoin d'aimer qui n'a plus son emploi
Dans la mort à présent retombe sur moi-même.
Et puisque, ô mon amour, vous êtes tout en moi
Résorbé[3], c'est bien vous que j'aime si je m'aime.

---

[1] **Tabernacle** : ouvrage en forme d'armoire, fermant à clef et placé au-dessus de l'autel dans une église. Y sont contenus le ciboire (un vase sacré) et les hosties.
[2] **Isis** : déesse égyptienne qui rassembla les membres éparpillés de son frère et époux Osiris.
[3] **Résorbé** : intégré, incorporé, fondu.

XXXIV
Amour posthume

Je pense à vous, mon cher amour, quand le soir tombe…
Non point à votre doux visage dont j'aimais
La beauté délicate et trop parfaite, mais
À vous tel que la mort vous a fait dans la tombe…

Non point à votre corps où s'est mêlé le mien,
À votre corps ardent et souple, blanc et rose,
Mais à la pauvre chair que le temps décompose,
À vous qui fûtes tout et qui n'êtes plus rien.

Je ne peux plus songer à nos heures heureuses
Et je ne conçois plus que votre éternité…
Je ne vois plus vos yeux, vos grands yeux de clarté
Dans le vide élargi de vos orbites creuses…

La nature a brouillé d'un geste indifférent
Tout ce dont son caprice avait formé votre être.
En marchant sur nos cœurs, elle crée, enchevêtre,
Désagrège sans cesse… Elle donne et reprend.

Et cependant je rêve à l'impossible étreinte
De vos bras d'ossements se refermant sur moi…
Je voudrais renverser l'inéluctable loi ;
Je voudrais rallumer votre lumière éteinte.

Et je donnerais tout, espoirs et lendemains,
– Tant ce désir affreux de vous me met en fièvres –
Pour tenir votre tête morte entre mes mains
Et baiser longuement votre bouche sans lèvres…

XXXV
Offrande

Devant le grand mystère où vous êtes perdu,
Dans le néant ou vers quelque aurore nouvelle[1],
Comme un oiseau qui cogne à la vitre, éperdu,
Mon amour obstiné se heurte et bat de l'aile.

Si je ne peux lever le voile descendu[2],
Si rien de votre essence à moi ne se révèle,
Je peux du moins forcer, sur le seuil défendu[3],
Ma pensée à rester adorante et fidèle...

Je veux qu'elle se plaigne en rythmes assouplis,
En mots agenouillés et rares, tout remplis
Du regret de votre être où le mien se recueille...

Et je jette, parmi l'amas désordonné
De roses et d'œillets que je vous ai donné,
Mon âme qui se fane et mon cœur que j'effeuille...

---

[1] Variante (Manuscrit autographe 2) : « Dans le néant ou *bien vers quelque aube* nouvelle ».
[2] Variante (Manuscrit autographe 2) : « le voile *défendu* ».
[3] Variante (Manuscrit autographe 2) : « *près du* seuil défendu ».

XXXVI
Résurrection

Et la Mort est entrée. Elle a dit : « C'est assez !
Je le veux à mon tour. Toi, viens, et toi, demeure ! » —
Puis sur le corps raidi, sur les membres glacés,
Elle a parachevé son œuvre, heure par heure.

Avec méthode, elle a d'abord terni les yeux ;
Elle a scellé la bouche, effacé le sourire.
Aux cheveux elle a pris leurs beaux reflets soyeux ;
Elle a changé la face en un masque de cire.

Rongeant sans cesse, enfin, elle a détruit la chair,
Évidé la poitrine et dénudé les hanches…
Ne laissant subsister de ce qui me fut cher
Qu'un squelette qui rit de toutes ses dents blanches…

Elle m'a dit alors : « Regarde ton amant.
À le voir sans dégoût oserais-tu prétendre ?
Il est semblable à moi sous ce déguisement,
Et, tel que le voilà, voudrais-tu le reprendre ?… »

Comme le peintre fixe avec de la couleur
Sur la toile un visage où l'âme se rallume,
Avec mon cœur ardent et ma sainte douleur
– Mais sans art – je l'ai fait revivre sous ma plume.

Entre les plus doux mots[1] j'ai fait encore un choix
Pour recomposer mieux la radieuse image :
Ils ont brillé, ses yeux, elle a sonné, sa voix...
Et, tout entier, il a surgi de chaque page.

Et j'ai dit à la Mort : « Il est ressuscité !
Aussi beau qu'autrefois il renaît de sa cendre.
Il vit par mon amour et par ma volonté
Et, tel que le voilà, tu ne peux plus le prendre ! »

---

[1] Variante (Manuscrit autographe 2) : « *Parmi* les plus doux mots ».

XXXVII
La Mémoire

Nous sommes plus mêlés l'un à l'autre aujourd'hui
Que le mercure et l'or réduits en amalgame[1] ;
Et l'on ne peut pas plus me séparer de lui
Que l'arbre de l'écorce et que l'air de la flamme.

La mort sournoise a fait en vain le sombre jeu
De laisser retomber sur lui la morne porte.
J'ai prolongé sa vie avec la mienne un peu…
Il ne sera bien mort que quand je serai morte.

Je suis le grain d'encens fumant sur son autel,
La châsse[2] de vermeil, le vivant reliquaire
Où dort splendidement son beau cœur immortel ;
Je suis la lampe d'or au fond du sanctuaire.

Je suis toutes les fleurs qui se fanent devant
Son image présente et sa tombe lointaine ;
Et les pleurs de mes yeux coulent dorénavant
En son honneur, ainsi qu'une amère fontaine.

Je suis le lin du drap dont on fit son linceul[3],
Le bois de son cercueil, la dalle de sa tombe

---

[1] **Amalgame** : mélange d'éléments.
[2] **Châsse** : coffre où l'on garde les reliques d'un saint.
[3] **Linceul** : pièce de toile dans laquelle on ensevelit un mort.

Où j'ai muré[1] mon âme afin qu'il soit moins seul
Dans ce définitif silence[2] où tout retombe...

Son cœur mort et le mien tiennent au même fil.
Il est ma longue nuit, ma ténébreuse aurore...
Mon cerveau défaillant même l'oubliât-il[3]
Que mon sang et ma chair s'en souviendraient encore...

L'oublier ! Si je peux, âme usée et corps las,
Commettre enfin la faute indigne et sans seconde[4],
Je sais que, pour la perte effroyable du monde,
Le soleil de demain ne se lèvera pas !

---

[1] Variante (*Le Flambeau* et Manuscrit autographe 2) : « *Et* j'ai muré ».
[2] Variante (Manuscrit autographe 2) : « Dans *le* définitif silence ».
[3] Comprendre : « Même si mon cerveau défaillant l'oubliait, mon sang et ma chair... »
[4] **Sans seconde** : à nulle autre pareille.

XXXVIII
ADIEU

Je ne peux pas ainsi vous quitter, mon ami.
Tant de jours passeront avant que je revienne…
Et je ne trouve pas, dans mon cœur endormi,
Les paroles qu'il faut et l'adieu qui convienne.

Je cherche vainement. Et je reste à genoux
Devant ce marbre en deuil où je m'attarde à lire
Les quelques mots de bronze où l'on parle de vous…
Dites-moi, mon amour, ce que je dois vous dire…

Mais, tout auréolé, voici que je le vois,
Votre cher nom, et je comprends que je dois mettre,
Comme sur votre bouche adorée, autrefois,
Un baiser, un baiser fervent sur chaque lettre…

XXXIX
TROIS ÉTAPES

I. – IMPRESSION

J'ai souffert vaillamment mon mal. Si j'ai crié
Sous la dent qui mordait, je n'ai jamais prié,
Mains jointes, à genoux, aux heures de détresse.
Mais ma force est à bout. Et voici que, là-bas,
Au tournant du chemin qui saigne sous mes pas,
La Croix du Golgotha[1] se dresse…

Dans l'ombre où je me perds un peu plus chaque jour,
Ses deux bras de pitié, comme un appel d'amour,
Se tendent vers mon âme éperdue et déserte.
Sa forme me subjugue et son rayonnement
Fait descendre sur moi le tendre apaisement
D'un calme qui me déconcerte…

Rejeté par ma sèche raison, méconnu
Par mon cœur orgueilleux, êtes-vous revenu,
Ô Christ, pour que s'éclaire ainsi mon crépuscule ?…
Aux soirs de grande lutte et d'ultimes abois[2],
Serait-ce votre main que je sens quelquefois
Se poser sur mon front qui brûle ?…

---

[1] **Golgotha** : colline, aussi appelée Calvaire, qui était située, dans l'Antiquité, à l'extérieur de Jérusalem et où, selon les évangiles, Jésus-Christ fut crucifié. Ce terme veut dire « Lieu du crâne ».

[2] **Abois** : « être aux abois » signifie « être dans la dernière extrémité », « être en grand péril ».

II. – À Celui de Nazareth

Oui, je m'efforcerai de croire que je crois
En vous qu'on recloua si souvent sur la croix
Depuis le Golgotha jusqu'au siècle où nous sommes…
En vous qui, n'ayant rien, nous avez tout donné,
En vous le plus trahi, le plus infortuné
Et le plus beau de tous les hommes.

Pour que vous l'emplissiez de votre saint amour,
Ce cœur lassé de tout, je vous l'offre en ce jour.
Pour que vous m'écoutiez si tout bas je vous prie,
Je renonce à Bouddha, je veux renier Pan[1]
Et m'absorber en vous, ô Jésus de Renan[2],
Jésus de Marthe et de Marie[3].

Le Jésus qu'il me faut pour mon culte tout neuf,
C'est l'enfant de la Crèche, entre l'âne et le bœuf,
Le fils du charpentier, né pauvre et misérable,
L'humble Nazaréen[4] qui vivait au milieu
Des humbles et qui n'a pas besoin d'être Dieu
Pour être cent fois adorable.

---

[1] **Pan** : divinité grecque des bergers et des troupeaux.
[2] Ernest **Renan** (1823-1892) : écrivain, philosophe et historien français qui publia, en 1863, un essai intitulé *Vie de Jésus*. L'auteur s'y attache à retracer la biographie de Jésus comme celle de n'importe quel homme.
[3] **Jésus de Marthe et de Marie** : dans le Nouveau Testament chrétien, Marthe de Béthanie est la sœur de Lazare, que Jésus-Christ ressuscite sous ses yeux. Elle a aussi une sœur nommée Marie. Voir l'Évangile selon Luc, chapitre 10, versets 38 à 42.
[4] **Nazaréen** : Jésus serait né dans la ville de Nazareth.

Loin d'apocryphes[1] Saints en auréoles d'or,
Sans la pompe[2] orgueilleuse et vaine du décor
Où le geste d'un rite inutile s'étale,
Et sans le prix des Indulgences[3] mal acquis,
Je veux bâtir pour vous[4], dans mon cœur reconquis,
Une splendide cathédrale.

Vous serez mon fanal[5], le but de mon chemin.
Aux passages mauvais je tiendrai votre main
Et sans peur je pourrai côtoyer les abîmes.
Votre paix sera l'ombre où je m'abriterai,
Ô Christ au nom de qui l'Église a perpétré
Jadis tant d'effroyables crimes…

Je ne franchirai pas les portes de ces lieux
Où, dans l'encens qui fume, on ne vous voit pas mieux,
Où le prêtre, prêchant de bouche et non d'exemple,
S'incline[6] à vos autels en transgressant vos lois,
Où vous pourriez venir une seconde fois
Pour chasser les Chrétiens du temple…

---

[1] **Apocryphes** : faux, non authentiques.
[2] **Pompe** : déploiement de faste.
[3] **Indulgences** : pardons accordés par l'Église pour la rémission de certains péchés. On les obtenait en accomplissant de bonnes œuvres, comme un pèlerinage, mais ils pouvaient aussi être monnayés.
[4] Variante (Manuscrit autographe 2) : « Je *bâtirai* pour vous ».
[5] **Fanal** : feu ou grosse lanterne servant de repère ou de signal.
[6] Variante (Manuscrit autographe 2) : « *Se courbe* ».

C'est bien fini, mon Dieu. Je rentre. Accueillez-moi.
Voyez mon cœur brûlant d'une nouvelle foi
Et mon âme pour vous toute renouvelée !…
Soyez béni pour tout, pour ma joie en débris,
Pour le terrestre amour que vous m'avez repris
Comme pour la douleur dont vous m'avez comblée.

Au pied de votre croix je mets tous mes espoirs
Avec tous mes péchés et tous mes bons vouloirs.
Mesurez-moi, selon mes forces, ma misère.
Je m'en remets à vous : chaque jour qui luira,
Pour mes humbles besoins donnez ce qu'il faudra.
Gardez-moi de la faute impérieuse[1] et chère…

Puisque j'ai pardonné, me pardonnez[2] aussi.
C'est tout, mon Dieu. Je suis bien à vous. Me voici.
Mais, quand j'aurai suivi jusqu'au bout votre voie,
– Ainsi que vous l'avez promis, en vérité –
Dans la splendeur d'amour de votre Éternité
Faites qu'il me retrouve et que je le revoie !…

---

[1] **Impérieuse** : qui s'impose, pressante.
[2] Comprendre : « pardonnez-moi ».

XL
L'Insomnie

Je ne peux pas dormir. Mon feu
S'éteint. Ayez pitié, mon Dieu,
De ma détresse solitaire,
De mon abandon sur la terre,
De mes forces qui sont à bout,
De mon cœur, de mon corps, de tout,
De mon esprit qui se détraque
Et qui s'affole… Un meuble craque.
On dirait que quelqu'un a ri…
Et dans mon être endolori
C'est comme un mal qui se balance.
J'écoute le bruit du silence ;
Je regarde le noir ; j'entends
Couler ma vie avec le temps,
Ma navrante inutile vie
Dont plus rien ne ferait envie,
Lourde de maux, vide de bien,
Et qui n'aura servi de rien…
J'entends battre aux carreaux la neige.
J'appelle à l'aide. Qui ? Le sais-je !
Quelle est cette ombre sur le mur ?
Quelque chose a marché, c'est sûr…
Et voici surgir des ténèbres,
En des processions funèbres,
Toutes les choses d'autrefois
Avec les gestes et la voix

D'alors. Voici les théories
De mes efforts, de mes furies
Vers des buts en vain poursuivis,
Et les mêmes chemins suivis
Par mes dégoûts et mes fatigues...
Et, sauvages, rompant les digues,
Mes grands désirs inapaisés...
Et les malheurs comptés, pesés,
Et les peines qui s'étaient tues,
Et d'autres que je n'ai point eues
Et que je craignais... Mes remords
Qui se lèvent, comme des morts
Sortis de leur robe de planche,
Pour venir me tirer la manche
Et s'asseoir sur mon cœur. Voici
Le trouble inquiet, le souci
Du lendemain qui me harcèle...
C'est le vide de l'escarcelle[1],
Le peu de tout, le peu d'amour,
Le peu qu'on reçoit en retour
Et la faillite du courage
Et le désespoir qui fait rage !
Et puis voici les morts – les vrais –
En rupture de leurs cyprès,
Qui défilent en cavalcade[2]
Autour de ce lit où, malade,
Mon cœur chavire, épouvanté.
Et là, tous, tant qu'ils ont été,
Les voisins, les amis, les proches,
Avec des accents de reproches,

---

[1] **Escarcelle** : bourse attachée à la ceinture.

[2] **En cavalcade** : dans une course bruyante et désordonnée, comme une chevauchée.

Ricanent leur refrain têtu :
« Te souviens-tu ? te souviens-tu ? »
Ce sont les falots[1], les grotesques
Agitant leurs longs bras burlesques[2]
Sous la toile de leur linceul[3].
Et puis c'est vous, c'est vous, mon seul
Amour, chère adorable image !
« Hélas ! je n'ai plus de visage ! »
Dit la voix qui sort du chaos...
Des os, des os, rien que des os !
Où sont les yeux, le nez, la bouche ?
Ce que je sens, ce que je touche,
Rien que des os ! Grâce, mon Dieu !
Tout se disloque. Peu à peu
L'horrible fantasmagorie[4]
Rentre dans la tapisserie...
La sueur emperle[5] mon front
Une lueur glisse au plafond.
Un coq chante. Sous ma fenêtre,
Sonne le pas rythmé d'un être
Qui ne pense à rien, qui s'en va,
Le dos courbé, cahin-caha[6],
Vers l'abrutissante besogne.
Une cloche tinte. Un chien grogne.
On parle dehors. Qu'a-t-on dit ?
Mon esprit ouaté[7] s'engourdit.
Le mal qui me rongeait fait trêve.

---

[1] **Les falots** : les ridicules.
[2] **Burlesques** : bouffons, ridicules.
[3] **Linceul** : pièce de toile dans laquelle on ensevelit un mort.
[4] **Fantasmagorie** : apparition surnaturelle.
[5] **Emperle** : couvre de gouttelettes semblables à des perles.
[6] **Cahin-caha** : péniblement, tant bien que mal.
[7] **Ouaté** : voilé, troublé, embrumé.

Je vais dormir… Le jour se lève.

9-1-22

VI.

Le Verre & la Tasse.

A Venise, un verrier, maître d'art, fit un jour
Ce verre de cristal ambré, veiné de rouge
Et pailleté d'or fin, qui paraît tour à tour
Une fleur qui s'incline, une flamme qui bouge.

Le pied trop frêle porte un calice profond,
Comme un lys jaune sur sa tige trop chargée.
La lumière, à travers, court, s'irise et se fond,
Et l'eau que l'on y verse en vin semble changée.

A Sèvres, l'autre siècle, un homme a façonné
La tasse que voici d'une pâte si tendre
Que l'ongle y laisse un trait et d'un ton bleu fané
Que le temps, sans égard, couvre d'un peu de cendre.

Une ronde d'Amours tient, ainsi qu'un miroir,
Le médaillon où rit une dame poudrée,
Et sur les bords, cernés d'un filet or et noir,
Une grecque circule à moitié dédorée.

Ces deux objets, dit-on, sont sans prix. Toutefois
Le verre de Venise et la tasse de Sèvres
N'ont pour moi de valeur que parcequ'autrefois
Il les a consacrés au contact de ses lèvres.

VII

Vieille légende.

Le Dieu cruel, le Dieu terrible, impérissable,
Prit quelques gouttes d'eau, prit quelques grains de sable,
Les mêla d'un peu de lumière et de chaleur,
En fit la Terre, y mit l'homme pour son malheur,
Puis il précipita le tout au fond du gouffre,
Ayant dit : Tourne, à l'une, à l'autre ayant dit : Souffre,
Et créant à la fois la Vie et la Douleur.

Et la Terre tourna. L'Homme eut la Conscience,
La Raison. Il mordit à l'amère Science.
Il apprit à pleurer. Il put haïr aussi.
Le cœur rongé de Doute, il connut le Souci,
La morne Envie et la Colère qui flamboie.
Il naissait dans les maux, il engendrait sans joie,
Il mourait... Cinq mille ans, dit-on, ce fut ainsi.

Or, Satan qui traînait son ennui solitaire
A travers l'Infini, rencontra cette Terre.
Il la trouva mal faite et le dit sans détour.
Il voulut y changer quelque chose à son tour
Et, plein d'orgueil autant que de pitié profonde,
Il souffla de sa bouche en flammes sur le Monde
Et fit la Volupté, le Plaisir et l'Amour.

XI

L'Automne.

Voici venir l'Automne âpre et voluptueuse,
Conseillère perverse en robe somptueuse,
Nos cœurs désordonnés l'attendent tout exprès...
Et c'est elle qui veut que je mette ma bouche
Contre la vôtre et que j'y morde et que je touche
Votre corps de mon corps, plus près, encor plus près.

Car ses derniers rayons seront aussi les nôtres,
Défuntes ces amours, nous n'en aurons plus d'autres:
L'hiver nous guette ainsi qu'il prendra la forêt.
Hâtons-nous: entassons les baisers, les caresses;
Crispons nos nerfs, brûlons notre sang en ivresses;
Jouissons sans remords et mourons sans regret.

XVIII.

Le Pétale.

Sous le portrait de mon amant
Une rose meurt dans un verre.
Elle agonise exquisément
Avant de s'effeuiller à terre...

Un large pétale bombé,
Ainsi qu'une chose très lasse,
Se détache, glisse, est tombé...
Pieusement je le ramasse.

A son doux contact satiné
Mes doigts s'émeuvent de tendresse.
D'un lent mouvement obstiné
Ce n'est pas lui que je caresse...

Mon baiser pervers s'est posé
Et mes lèvres se pâment d'aise
Sur le beau pétale rosé...
Et ce n'est pas lui que je baise.

XXXIII

+ Amour posthume.

Je pense à vous, mon cher amour, quand le soir tombe...
Non point à votre doux visage dont j'aimais
La beauté délicate et trop parfaite mais
A vous tel que la mort vous a fait dans la tombe ;

—

Non point à votre corps où s'est mêlé le mien,
A votre corps ardent et souple, blanc et rose,
Mais à la pauvre chair que le temps décompose ;
A vous qui fûtes tout et qui n'êtes plus rien.

Je ne peux plus songer à nos heures heureuses
Et je ne conçois plus que votre éternité.
Je ne vois plus vos yeux, vos grands yeux de clarté
Dans le vide élargi de vos orbites creuses.

La Nature a brouillé d'un geste indifférent
Tout ce dont son caprice avait formé votre être.
En marchant sur nos cœurs elle crée, enchevêtre,
Désagrège sans cesse. Elle donne et reprend.

Et cependant je rêve à l'impossible étreinte
De vos bras d'ossements se refermant sur moi...
Je voudrais renverser l'inéluctable loi ;
Je voudrais rallumer votre lumière éteinte.

Et je donnerais tout, espoirs et lendemains,
– Tant ce désir affreux de vous me met en fièvres
Pour tenir votre tête morte entre mes mains
Et baiser longuement votre bouche sans lèvres.

XXXV

La Torche.

Je vous aime mon corps qui fûtes son désir,
Son champ de jouissance et son jardin d'extase
Où se retrouve encor le goût de son plaisir
Comme un rare parfum dans un précieux vase.

Je vous aime mes yeux qui restiez éblouis
Dans l'émerveillement qu'il traînait à sa suite
Et qui gardez au fond de vous, comme en deux puits,
Le reflet persistant de sa beauté détruite.

Je vous aime mes bras qui mettiez à son cou
Le souple enlacement des languides tendresses.
Je vous aime mes doigts experts qui saviez où
Prodiguer mieux le lent frôlement des caresses.

Je vous aime mon front où bouillonne sans fin
Ma pensée à la sienne à jamais enchaînée.
Et pour avoir saigné sous sa morsure, enfin,
Je vous aime surtout, ô ma bouche fanée.

Je vous aime mon coeur qui scandiez à grands coups
Le rythme exaspéré des amoureuses fièvres
Et mes pieds nus noués aux siens et mes genoux
Rivés à ses genoux et ma peau sous ses lèvres.

Je vous aime ma chair qui faisiez à sa chair
Un tabernacle ardent de volupté parfaite
Et qui preniez de lui le meilleur, le plus cher,
Toujours rassasiée et jamais satisfaite.

Et je t'aime, ô mon âme avide, toi qui pars,
Nouvelle Isis - tentant la recherche éperdue
Des atomes dissous, des effluves épars
De son être où toi-même as soif d'être perdue.

Je suis le temple vide où tout culte a cessé
Sur l'inutile autel déserté par l'idole;
Je suis le feu qui danse à l'âtre délaissé,
Le brasier qui n'échauffe rien, la torche folle...

Et ce besoin d'aimer qui n'a plus son emploi
Dans la mort, à présent retombe sur moi-même.
Et puisque, ô mon amour, vous êtes tout en moi
Résorbé, c'est bien vous que j'aime si je m'aime.

III La prière de Missie.

C'est bien fini, mon Dieu. Je rentre. Accueillez-moi.
Voyez mon cœur brûlant d'une nouvelle foi
Et mon âme pour vous toute renouvelée !..
Soyez béni pour tout, pour ma joie en débris,
Pour le terrestre amour que vous m'avez repris
Comme pour la douleur dont vous m'avez comblée.

Au pied de votre croix je mets tous mes espoirs
Avec tous mes péchés et tous mes bons vouloirs.
Mesurez-moi, selon mes forces, ma misère.
Je m'en remets à vous : chaque jour qui luira
Pour mes humbles besoins donnez ce qu'il faudra.
Gardez-moi de la faute impérieuse et chère.

Puisque j'ai pardonné, me pardonnez aussi.
C'est tout, mon Dieu. Je suis bien à vous. Me voici.
Mais quand j'aurai suivi jusqu'au bout votre voie,
– Ainsi que vous l'avez promis en vérité –
Dans la splendeur d'amour de votre éternité
Faites qu'il me retrouve et que je le revoie —

Lisbonne 1919 – Boitsfort 1921.

Notes sur l'établissement du texte

Une nouvelle édition de Pour Axel

La présente édition de *Pour Axel* est le fruit du croisement de quatre sources : les cinq poèmes publiés en 1921 dans la revue *Le Flambeau* et regroupés sous le titre « Axel » ; les deux cahiers écrits de la main de Marie Nizet et conservés aux Archives et Musée de la Littérature de Bruxelles (cotes ML 12529/0001 et ML 12529/0002)[1] ; et, enfin, l'édition imprimée de 1923 (à partir de l'exemplaire 8-YE-11064 numérisé par la BnF et désormais disponible gratuitement sur Gallica), qui reproduit sans aucun doute possible le texte du premier cahier autographe, auquel a été ajouté un quarantième et ultime poème, « L'Insomnie ».

Nous tenons à remercier vivement les Archives et Musée de la Littérature de Bruxelles et leur équipe de nous avoir permis d'accéder aux deux cahiers autographes et d'en reproduire quelques pages (© AML) dans notre édition. Neuf pages du Manuscrit autographe 2 y sont en effet présentes : ne nous en cachons point, nous avons choisi quelques-uns de nos poèmes préférés, tout en sélectionnant des vers qui nous ont paru emblématiques de la diversité des accents du recueil. Quelle émotion ce fut pour nous de découvrir l'écriture appliquée de Marie Nizet ! Nous espérons que les lectrices et les lecteurs de cette nouvelle édition ressentiront ce même sentiment grisant.

---

[1] Les AML conservent également trois exemplaires de l'édition imprimée de 1923.

C'est l'édition imprimée de 1923, parue aux éditions de la Vie intellectuelle à Bruxelles, qui sert de fondement principal au texte que nous avons édité. Depuis janvier 1994, cette édition appartient en effet au domaine public aussi bien en Belgique qu'en France. Le travail de comparaison entre les textes a ensuite pu être fait à partir de cette *editio princeps*. Tout ce qui concerne la correction de la langue, de l'orthographe à la grammaire, a été méthodiquement intégré dans notre édition. Pour le reste, une part de subjectivité demeure toutefois, notamment pour ce qui est de la ponctuation. Marie Nizet l'a elle-même fréquemment modifiée dans le second cahier. Nous n'avons pas systématiquement suivi les choix du second cahier, qui constitue de fait le dernier état du texte rédigé par la poétesse de son vivant, puisqu'elle y corrige un certain nombre d'erreurs du premier cahier et apporte quelques retouches : mais, hormis les variantes textuelles et quelques éléments essentiels pour la correction de la langue et pour la fluidité de la lecture, le Manuscrit autographe 2 modifie fort peu le sens des poèmes. Nous n'avons signalé en notes de bas de page que les variantes de texte significatives, dont nous précisons toujours la provenance – les parties qui diffèrent sont mises en italique.

Pour ce qui est de la présentation des poèmes, une harmonisation d'ensemble a été effectuée. Nous avons eu à cœur de respecter la disposition des alinéas et des sauts de ligne. Afin de préserver leur intégrité, et quitte à laisser quelques lignes blanches en bas de page, nous avons évité autant que possible de couper les strophes régulières, sauf lorsque celles-ci étaient trop longues ou que cela conduisait à un problème important de mise en page.

Vous trouverez dans les pages qui suivent le détail quasi complet des variantes en tout genre et de nos choix. Il nous a semblé préférable de livrer l'ensemble du résultat de ce travail quelque peu fastidieux, dans l'espoir qu'il se révélera utile pour toute personne qui voudrait à l'avenir s'intéresser à ces questions. Cet apparat a été réalisé avec tout le soin nécessaire, puis relu avec la plus grande attention ; mais, pour avoir édité de nombreux textes, nous savons bien que ces efforts patients n'empêchent pas les erreurs, les oublis et les incohérences de se glisser ici ou là. Que les courageuses personnes qui se pencheront sur ces aspects philologiques nous en excusent ! L'écriture manuscrite implique en outre quelques hésitations sur la graphie.

La liste des éléments divergents s'est voulue la plus précise et complète possible. Ces éléments concernent avant tout la ponctuation, l'accentuation, les variantes de texte et les *errata*, l'orthographe et la grammaire, ainsi que l'emploi des majuscules, sans oublier quelques autres considérations de présentation des poèmes. Nous avons adopté l'usage des majuscules suivi par Nizet pour les titres des poèmes. Les accents sur les majuscules, le plus souvent omis dans les deux cahiers manuscrits et dans l'édition imprimée, ont été ajoutés, car ils ont pleine valeur orthographique. Nos choix ont été indiqués à chaque fois que nous avons décidé d'adopter telle ou telle forme ou telle variante, guidés tantôt par la correction de la langue, tantôt par la volonté de nous rapprocher du texte « original » des deux manuscrits, sans en faire cependant un principe systématique et sans donner automatiquement la préférence au second manuscrit, bien qu'il soit postérieur. Ces choix contiennent donc une part assumée de subjectivité, mais ont été guidés par notre souci de correction de la langue, de cohérence et de lisibilité.

Face à un ensemble déjà conséquent, nous avons toutefois cru bon d'alléger la liste en ce qui concerne les points suivants :

— Nous avons harmonisé l'usage des tirets cadratins et demi-cadratins, sans le noter dans l'apparat : à de très rares exceptions près, les premiers sont réservés à une nouvelle réplique dans un discours (ceux qui introduisaient le discours direct ont été transformés en guillemets ouvrants), les seconds aux incises à l'intérieur des phrases. Dans la description des Manuscrits autographes et de l'édition imprimée, nous nous contentons parfois de la simple appellation de *tiret*, car la distinction entre les deux types de tirets n'est pas toujours très claire dans les cahiers.

— Nous avons aussi harmonisé et systématisé l'utilisation des guillemets exprimant le discours direct : sauf dans un poème, « Confidence » (XXX), ils remplacent les simples tirets, qui ne rendaient pas toujours très clair le passage au discours direct. Des guillemets ouvrants et fermants ont parfois été tout bonnement rajoutés quand ils étaient absents du texte. Enfin, lorsque le cas s'est présenté, nous n'avons pas conservé l'usage ancien des guillemets de discours direct présents au début de chaque nouveau vers.

— Dans les deux versions manuscrites du texte, on trouve « ?.. » et non « ?... », et il en va de même pour « !.. ». L'édition imprimée de 1923 et la nôtre emploient, quant à elles, « ?... » et « !... ».

Description de l'édition imprimée de 1923 et des deux manuscrits autographes

- **Aspects matériels.**

*Édition imprimée de 1923 :

La couverture (cf. p. 8 de notre édition), réalisée par L. Rion (au sujet duquel – ou de laquelle – nous n'avons pas trouvé d'informations, si ce n'est qu'ielle a réalisé d'autres couvertures pour les éditions de La Vie intellectuelle), présente un fond jaune orangé sur lequel se dessinent de haut en bas, en vert foncé et en lettres capitales, le nom de l'autrice, « MARIE MERCIER-NIZET », le titre (en plus gros) de l'ouvrage, « POUR AXEL », le logo des éditions de La Vie intellectuelle, puis le nom des éditions, « ÉDITIONS DE LA VIE INTELLECTUELLE », entouré de deux carrés vides. Chacun de ces éléments est entouré d'un rectangle blanc/beige.

Le nom de l'autrice choisi pour cette édition, certainement par d'autres personnes que la principale intéressée, est Marie Mercier-Nizet. Dans ses autres œuvres imprimées, l'écrivaine a employé soit Nizet (jusqu'en 1979), soit Mercier, pour ses nouvelles, mais jamais les deux accolés[1].

À la page 1, c'est-à-dire la page de faux-titre, on trouve le titre « POUR AXEL », centré et en lettres capitales, puis la dédicace « A CECIL-AXEL VENEGLIA, » (en petites capitales), suivie, à la ligne suivante, de la mention « *In memoriam.* ». Ces deux derniers éléments sont mentionnés dans le Manuscrit autographe 1, mais pas dans le 2. La page 2 précise les différents tirages et papiers utilisés. L'exemplaire de la BnF (Département Littérature et Art, 8-YE-11064) que nous avons utilisé est le n° 495 des exemplaires imprimés sur papier anglais édition, numérotés de 41 à 1040. Quant à la page 3, page de titre, on y trouve, de haut en bas, le nom de l'autrice, « MARIE MERCIER-NIZET », en lettres capitales ; le titre, « POUR AXEL », en plus gros, immédiatement suivi, en plus petit, de la mention « DE MISSIE » ; le nom de la personne qui a réalisé la couverture ; le logo des Éditions de la Vie intellectuelle ; le nom des éditions, qui sont une « association sans but lucratif » ; et enfin la date de parution, 1923.

Cet in-12 de 13 × 19 cm comporte 96 pages. Les pages sont numérotées à partir de la page 5, mais la dernière page des poèmes qui s'étendent sur plusieurs pages ne comporte pas de numéro. Une table des poèmes (où l'emploi des majuscules et des accents pour les titres, plus erratique, n'est pas exactement le même que dans le reste du cahier) conclut l'ensemble. Quant au prix du recueil, 6 francs, il est indiqué en bas de page à l'extrême fin de l'ouvrage.

L'achevé d'imprimer date du 10 avril 1923, « sur les presses de l'Imprimerie Veuve Monnom, Rue de l'Industrie, 32, Bruxelles, pour les Éditions de La Vie Intellectuelle ».

---

[1] Elle publia anonymement *Le Scopit*, et les poèmes parus dans *Le Flambeau* sont signés du pseudonyme Missie Nizal. Elle utilise toutefois le nom « Marie Mercier-Nizet » pour signer les deux cahiers manuscrits de *Pour Axel*.

*Manuscrits autographes 1 et 2 :

Il s'agit dans les deux cas de cahiers à petits carreaux (de haut en bas, 32 pour le premier, et 31 pour le second). Ils mesurent respectivement 14 × 20 cm et 12, 5 × 19 cm. Ils ont été rédigés à l'encre noire. Nous excluons de nos remarques les annotations qui sont le fait des Archives et Musée de la Littérature, où sont conservés les deux cahiers.

Les pages du Manuscrit autographe 2 ne sont pas numérotées : nous avons donc considéré que la page 1 était celle où se trouvait le début du poème I, « Sosie », tout comme c'est le cas dans le Manuscrit autographe 1, dont les pages sont numérotées de 1 à 73. Le Manuscrit autographe 2 se termine à la page 71 avec « La Prière de Missie ». Le Manuscrit autographe 1 comporte une table des poèmes, contrairement à l'autre cahier.

La première de couverture du Manuscrit autographe 1 est recouverte par une couverture cartonnée mêlant diverses nuances de vert, de bleu et de rouge. La structure matérielle de l'objet fait que certaines fins de vers, à l'intérieur du cahier, ne sont pas lisibles : même si l'on peut parfois deviner ce qui est écrit à travers la bande de papier qui les recouvre, des doutes subsistent, malgré une inspection minutieuse.

Sur la toute première page (qui n'est pas numérotée) de ce cahier, on peut voir en haut à droite et à l'envers le tampon violet de l'Académie royale de langue et de littérature françaises de Belgique. Le reste de la page présente deux écritures : l'une, à l'encre noire, est celle de Marie Nizet. On lit d'abord le titre « Pour Axel. », en grosses lettres et souligné. À la ligne suivante, en plus petit, se trouve la mention « de Missie. ». Plus bas encore, Nizet indique le nom du destinataire du recueil, son amant (« À Cecil-Axel Veneglia »), puis, une ligne plus bas, note la formule « In memoriam ». Un trait noir horizontal de quelques carreaux sépare cet ensemble d'un autre : en bas de la page, on lit « Marie Mercier-Nizet », puis, à la ligne suivante, « 46, rue des Archives », et enfin, une ligne plus bas, « Boitsfort. », c'est-à-dire là où est alors domiciliée l'écrivaine.

L'autre écriture, au crayon de papier gris, est probablement celle de l'éditeur ou des personnes en charge de la transmission et de l'édition du texte. En particulier, on peut y lire ce qui semble être un nombre d'exemplaires à tirer « 500-700 » ; une flèche place « Pour Axel. » à côté de « de Missie. » ; l'adresse mentionnée est rayée. D'autres détails concernant le changement de disposition de certains éléments sont également visibles.

La première de couverture du Manuscrit autographe 2, d'une couleur gris bleuté, présente, de haut en bas, à l'encre noire, le titre « Pour Axel. », écrit en grosses lettres au centre de la page et obliquement ; on lit ensuite, dans la même disposition, le nom « Missie » en plus petites lettres et souligné. En bas de la page, on lit « Marie Mercier-Nizet », puis, à la ligne suivante, « 46, rue des Archives », et enfin, une ligne plus bas, « à Boitsfort — ».

La deuxième de couverture comporte un autocollant des papeteries Élie Nias, fondées en 1845.

Sur la toute première page du cahier, on retrouve le nom et l'adresse déjà mentionnés en première de couverture.

Enfin, sur la deuxième page du cahier, qui précède celle qui comporte le début du premier poème, est présent le titre « Pour Axel. », en grosses lettres et souligné, avec, en dessous et en bien plus petit, la mention du nom « Missie », souligné élégamment d'un arc de cercle.

• **Datation.**

*Édition imprimée de 1923 :

À la fin de « La Prière de Missie » (XXXIX, III), on peut lire les mots « Soerabaja[1]-Lisbonne, 191... », et, à la suite de « L'Insomnie » (XL), il est fait mention de la date « 9-1-22 »

[1] Soerabaja est la graphie néerlandaise de Surabaya : il s'agit d'une ville portuaire d'Indonésie située sur l'île de Java.

(c'est-à-dire le 9 janvier 1922). Aucun autre poème n'est daté.

*Manuscrits autographes 1 et 2 :

Dans le premier cahier se trouve, au même endroit, la mention « Soerabaja-Lisbonne. 191… », qui a été reproduite dans l'édition imprimée. Dans le second cahier, à la fin de « La Prière de Missie », une indication différente apparaît : « Lisbonne 1919 – Boitsfort 1921 ». Ce cahier est donc bel et bien postérieur au premier – ce que montre d'ailleurs clairement l'analyse des variantes entre les différents états du recueil – et a de toute évidence été recopié, à Boitsfort, à partir du premier, qui porte lui aussi la mention de l'adresse rue des Archives où la poétesse vécut ses derniers jours. C'est bien ce que semble suggérer également la lettre adressée par Nizet à Gustave Vanzype le 20 octobre 1921 (et reproduite dans l'Introduction de notre ouvrage).

Selon la notice des Archives et Musée de la Littérature, le second manuscrit a été remis à l'Académie royale de langue et de littérature françaises de Belgique par Georges Rency. Il était accompagné d'une enveloppe mentionnant ces quelques mots : « Manuscrit olographe[1] / d'*Axel* / de Marie Mercier-Nizet / ouvrage publié par les Editions / de la Vie Intellectuelle / confié à l'Académie le 5.2.44 ». Il a ensuite été transmis aux AML. Dans la mesure où l'édition de 1923 se fonde sur le premier cahier, il est très probable que celui-ci ait suivi le même parcours.

Les cinq poèmes présents dans *Le Flambeau* sont tous datés, entre 1908 et 1921 (cf. *infra*). Si ces éléments ne sont pas le produit d'une réécriture littéraire de la chronologie, on est amené à penser que l'écriture du recueil a commencé *au plus tard* en 1908. Elle s'est ensuite poursuivie jusqu'aux

---

[1] Un document olographe (du grec ὅλος *holos*, « entier ») est entièrement écrit de la main de la même personne. On parle souvent de « testament olographe ».

derniers jours de la poétesse, en 1922, si l'on prend en compte le poème « L'Insomnie » (XL), qui est, pour sa part, précisément daté dans l'édition imprimée (9 janvier 1922). En ce qui concerne les poèmes qui le précèdent, nous en sommes, là encore, réduits à des conjectures : eu égard à la mention finale (« 191... ») du premier cahier, on pourrait supposer que le recueil était déjà complet à la fin des années 1910, probablement en 1919, si l'on retient la date mentionnée par le second cahier, Lisbonne servant de lien entre les deux. 1921 ne représenterait alors que la date où l'autrice a fini de recopier le recueil, à Boitsfort. D'où notre étonnement face aux poèmes « L'Arbre » et « La Mémoire » reproduits dans *Le Flambeau* en 1921, car ils sont datés respectivement de 1920 et de 1921. Serait-ce là les vraies dates de rédaction ou s'agirait-il simplement pour l'autrice, peut-être, de se rapprocher de la date de leur publication ? Ou alors, inversement, est-ce que la mention « 191... » ne serait qu'une manière de brouiller les pistes, qu'une réinvention de la chronologie *a posteriori*, si bien que les dates des poèmes seraient correctes ? Nous penchons plutôt pour la première possibilité. Ce qui nous semble toutefois le plus important, comme nous l'avons vu précédemment, c'est la date du poème « *L'Insulinde* » figurant dans *Le Flambeau* : dans la mesure où la mort d'Axel y est formulée pour la première fois (le Capitaine du navire n'est pas revenu de son voyage) et où la date de 1914 est clairement indiquée, il n'est pas aberrant d'y voir, sinon l'année exacte de sa mort, un *terminus ante quem*, ce que confirment plusieurs sources sans toutefois donner de détails précis.

• **Titre de l'œuvre.**

*Édition imprimée de 1923 :

Le titre est *Pour Axel* sur la première de couverture mais aussi à la page 1, où se trouvent le faux-titre puis la dédicace « A CECIL-AXEL VENEGLIA, *In memoriam* ». C'est seulement sur la page de titre (p. 3) qu'on découvre la mention de « DE MISSIE », en (beaucoup) plus petit, sous le titre « POUR AXEL », Missie étant, selon la formule de Georges Rency, « le nom d'amour du poète », c'est-à-dire de la poétesse. Celle-ci utilisa d'ailleurs le pseudonyme « Missie Nizal » lorsqu'elle fit publier quelques poèmes regroupés sous le titre « Axel » dans *Le Flambeau*, en 1921.

*Manuscrits autographes 1 et 2 :

Dans les deux manuscrits autographes, le titre « Pour Axel » est suivi d'un point, ce qui indique assez clairement, nous semble-t-il, que le titre voulu par la poétesse n'est pas « Pour Axel de Missie ». Qui plus est, dans le Manuscrit autographe 2, on lit seulement « Missie », en petites lettres, et non « de Missie ». Il s'agit donc bien plutôt d'une façon de rapprocher le nom des deux amants, mais aussi de signer l'ouvrage et d'en rappeler la maternité.

Toujours est-il que le titre *Pour Axel de Missie* est très souvent employé aujourd'hui : l'inconvénient majeur de cette tournure consiste à laisser penser que « de Missie » serait le nom de famille d'Axel, alors qu'il faut bien comprendre « Pour Axel, de *la part de (sa)* Missie ». Sans doute l'utilisation de ce titre s'est-elle répercutée et amplifiée d'anthologie en anthologie, dans la mesure où leurs auteurs et leurs autrices n'avaient pas accès aux cahiers manuscrits. Cette confusion reste compréhensible dans la mesure où la page de titre (contrairement à la première de couverture et à la page de faux-titre où on lit bien « Pour Axel ») de l'édition imprimée indique « Pour Axel de Missie », même si « de Missie » est noté en plus petit et avec un retour à la ligne. Sans la compréhension du sens de « Missie » et surtout sans la connaissance des deux cahiers manuscrits, il est aisé de prendre cette expression pour le titre « complet ».

Cela dit, il est tout à fait cohérent de vouloir faire coexister les deux amants dans le titre, ainsi réunis sur la page imprimée par-delà la mort. C'est pourquoi, même si nous ne retenons pas cette forme du titre, nous l'avons tout de même inscrite sur la page 75 de notre édition, où sont placés la dédicace et l'*in memoriam*. C'est, plus que tout autre, le lieu légitime de la réunion des deux amants. Pour justifier encore davantage notre choix, rappelons que les articles parus à l'époque de la publication du recueil poétique emploient *Pour Axel*, notamment celui de Georges Rency, qui est le fondateur des éditions de La Vie intellectuelle ainsi que l'éditeur du recueil. Ce choix nous semble donc tout à fait significatif.

• Titres et numérotation des poèmes.

Dans les trois cas, tout nouveau poème commence au début d'une nouvelle page (sauf à « À Celui de Nazareth » [XXXIX, II] dans l'édition imprimée, certainement dans la mesure où il fait partie d'un triptyque de poèmes qui fonctionnent ensemble).

Nous avons adopté l'usage des majuscules qu'on peut observer dans les deux cahiers, notamment le Manuscrit autographe 1 (le Manuscrit autographe 2 présente quelques différences), et précisé les choses dans notre apparat lorsque cela nous a paru nécessaire pour certains cas particuliers.

*Édition imprimée de 1923 :

Les poèmes sont numérotés de I à XL : le poème « L'Insomnie » (XL) a été rajouté par rapport aux versions manuscrites du recueil.

Les titres des poèmes sont écrits entièrement en lettres capitales.

*Manuscrits autographes 1 et 2 :

Dans les deux versions manuscrites, les poèmes sont numérotés de I à XXXIX (sauf le poème XXXIX dans le Manuscrit autographe 1). Un petit nombre de poèmes n'ont pas le même ordre dans le premier et dans le second cahier (cf. *infra*). Les titres des poèmes sont toujours soulignés et le plus souvent suivis d'un point. Chaque poème est séparé du suivant par un trait noir horizontal de plusieurs carreaux, tiré à la règle au milieu de la page.

• **Notes.**

Les notes sont absentes du Manuscrit autographe 2. Dans l'édition imprimée, elles sont placées en bas de page ; dans le Manuscrit autographe 1, elles sont placées tantôt à la fin du poème, tantôt à gauche du poème en étant écrites verticalement. Dans notre édition, un astérisque accompagne les notes qui apparaissaient dans le Manuscrit autographe 1 et l'édition de 1923.

Sosie

Édition imprimée de 1923 : I, p. 5-7

v. 1 : virgule à la fin du vers.
v. 9 : virgule entre « lui » et « vous ».
v. 18 : absence d'accent sur le *i* d'« Iles ».
v. 36 : point à la fin du vers.

Manuscrit autographe 1 : I, p. 1-2

v. 1 : point à la fin du vers. *Nous adoptons cette ponctuation.*
v. 2 : absence d'accent sur le *i* de « renait ».
v. 9 : absence de ponctuation entre « lui » et « vous ». *Nous adoptons cette ponctuation.*
v. 18 : absence d'accent sur le *i* d'« Iles ».
v. 36 : absence de ponctuation à la fin du vers.

Manuscrit autographe 2 : I, p. 1-2

v. 1 : point à la fin du vers. *Nous adoptons cette ponctuation.*
v. 9 : absence de ponctuation entre « lui » et « vous ». *Nous adoptons cette ponctuation.*
v. 12 : absence de tiret au début du vers.
v. 18 : absence d'accent sur le *i* d'« Iles ».
v. 20 : absence de points de suspension après le point d'interrogation à la fin du vers.
v. 21 : absence de ponctuation à la fin du vers.
v. 24 : point d'interrogation suivi de points de suspension à la fin du vers.
v. 29 : absence de virgules autour de « vers cet être charmant ».
v. 35 : absence de ponctuation à la fin du vers.
v. 36 : virgule à la fin du vers. *Nous adoptons cette ponctuation.*

Está mimoso !

Nous choisissons de mettre le **titre** du poème en italique, tout comme l'est la formule en portugais dont il est tiré et nous corrigeons « *Esta* » en « *Está* ».

Au **v. 6**, nous ajoutons des guillemets, absents des trois versions du poème, autour des mots « *Como está mimoso !* ». Le texte des trois versions du recueil donne « *Come esta mimoso !* ». Outre l'absence d'accent sur *está*, la traduction littérale ne fait pas sens dans ce contexte, nous supposons donc une erreur et proposons, en suivant l'avis éclairé de plusieurs lusophones, de changer *Come* en *Como* pour traduire : « Comme il est mignon ! »

Édition imprimée de 1923 : II, p. 8-9

Titre : majuscule à « Mimoso » (dans la table des poèmes).
v. 9 : virgule à la fin du vers.

Manuscrit autographe 1 : II, p. 3

v. 6 : « Come esta mimoso ! » est souligné.
v. 9 : virgule à la fin du vers.

Manuscrit autographe 2 : II, p. 3

v. 6 : « Come esta mimoso ! » est souligné.
v. 7 : virgule à la fin du vers.
v. 8 : virgule à la fin du vers.
v. 9 : majuscule à « Mimoso ».
Point-virgule à la fin du vers. *Nous adoptons cette ponctuation.*
v. 11 : Variante : « Que la Rosario *Dalgar,* votre humble bonne, ». *Variante mentionnée en note infrapaginale.*

Confession

Édition imprimée de 1923 : III, p. 10-12

v. 22 : absence d'accent sur le « O » au début du vers.
v. 29 : absence d'accent sur le e d'« Etait ».
Absence de ponctuation entre « encor » et le tiret demi-cadratin.
v. 31 : virgule à la fin du vers.

Manuscrit autographe 1 : III, p. 4-5

v. 6 : on trouve l'orthographe ancienne « poëtes ».
v. 8 : *Erratum* : « règnaient ».
v. 19 : *Erratum* : « fut ».
v. 20 : absence de tiret demi-cadratin à la fin du vers.
v. 21 : *Erratum* : « celui-la ».
v. 22 : absence d'accent sur le « O » au début du vers.
Erratum : « il me la fait ».
Entre le v. 28 et le v. 29 : « E » (première lettre du v. 29) tracé par erreur sans saut de ligne.
v. 29 : absence d'accent sur le e des deux « etait ».
Absence de ponctuation entre « encor » et le tiret demi-cadratin.
v. 31 : point-virgule à la fin du vers. *Nous adoptons cette ponctuation.*
v. 39 : absence de ponctuation à la fin du vers.

Manuscrit autographe 2 : III, p. 4-5

v. 6 : on trouve l'orthographe ancienne « poëtes ».
v. 13 : absence de ponctuation entre « seul » et « dont ».
v. 16 : majuscule à « Souvenir ».

v. 18 : absence de ponctuation entre « cachette » et « j'allais ». Point-virgule à la fin du vers.
v. 20 : absence de points de suspension après « artiste ».
v. 22 : absence d'accent sur le « O » au début du vers. Minuscule à « sainte ».
v. 24 : virgules autour de « comme un encens ».
v. 25 : majuscule à « Temps ».
v. 28 : points de suspension à la suite du point d'exclamation.
v. 29 : absence d'accent sur le e des deux « etait ». Absence de virgule après « lui ». Point d'exclamation après « encor ». *Nous adoptons cette ponctuation.*
v. 31 : point-virgule à la fin du vers. *Nous adoptons cette ponctuation.*
v. 38 : point-virgule à la fin du vers.

LE JARDIN

Au **v. 4**, nous choisissons de mettre un point-virgule à la fin du vers, où l'on trouve un point dans les trois versions du poème.

Au **v. 13**, nous préférons mettre une virgule, absente des trois versions du poème, entre « D'autres » et « dont ».

Au **v. 16**, la grammaire voudrait qu'on écrivît « Tels », ce qui fausserait le vers.

Édition imprimée de 1923 : IV, p. 13-14

v. 2 : point à la fin du vers.
v. 3 : point-virgule entre « s'effeuillant » et « les ».
v. 6 : virgule entre « roses » et « abritant ».
v. 8 : absence d'accent sur le « A » au début du vers.
v. 15 : absence d'accent sur le *o* d'« arome ».

Manuscrit autographe 1 : IV, p. 6-7

v. 2 : point à la fin du vers.
v. 3 : point-virgule entre « s'effeuillant » et « les ».
v. 6 : virgule entre « roses » et « abritant ».
v. 8 : absence d'accent sur le « A » au début du vers.
v. 10 : *Erratum* : « – Il semble qu'une main les *firent* de rubans – ».

Manuscrit autographe 2 : IV, p. 6-7

v. 2 : point d'exclamation à la fin du vers. *Nous adoptons cette ponctuation.*
v. 3 : virgule entre « s'effeuillant » et « les ». *Nous adoptons cette ponctuation.*
v. 5 : majuscule à « Madones ».

v. 6 : absence de ponctuation entre « roses » et « abritant ». *Nous adoptons cette ponctuation.*
v. 8 : absence d'accent sur le « A » au début du vers.
Point-virgule à la fin du vers.
v. 10 : *Erratum* : « – Il semble qu'une main les *firent* de rubans – ».
v. 12 : point-virgule à la fin du vers.
v. 14 : absence de ponctuation entre « chapelets » et « comme ».
Point-virgule à la fin du vers.
v. 15 : absence d'accent sur le premier e d'« enormes ».
v. 17 : virgule à la fin du vers.
v. 18 : absence de ponctuation entre « parfum » et « si ».
v. 19 : tiret cadratin à la fin du vers à la place des points de suspension.

La Voix

« Axel » de Missie Nizal dans *Le Flambeau* du 30 juin 1921 : premier poème, p. 251-252

L'ensemble du poème est en italique.
v. 2 : Variante : « Du jet d'eau *sanglotant* au marbre de la vasque, ». *Variante mentionnée en note infrapaginale.*
v. 10 : virgule entre « s'élève » et « fraîche ». *Nous adoptons cette ponctuation.*
v. 12 : point-virgule à la fin du vers.
v. 14 : point-virgule à la fin du vers.
v. 16 : Variante : « Le timbre de la cloche *et* l'éclat des fanfares : ». *Variante mentionnée en note infrapaginale.*
Deux-points à la fin du vers.
v. 17 : point-virgule à la fin du vers.
v. 18 : point-virgule à la fin du vers.
v. 19 : point-virgule à la fin du vers.
v. 20 : Variante : « Elle *part* en fusée et roule en cascatelles. ». *Variante mentionnée en note infrapaginale.*
v. 23 : virgule entre « Comme » et « d'un ».
Le poème est daté de 1908.

Édition imprimée de 1923 : V, p. 15-16

v. 10 : absence de ponctuation entre « s'élève » et « fraîche ».
v. 18 : Variante : « *Les* vocalises font des dessins de dentelles. ». *Variante non mentionnée en note infrapaginale.*

Manuscrit autographe 1 : V, p. 8-9

v. 10 : absence de ponctuation entre « s'élève » et « fraîche ».
v. 14 : ponctuation illisible à la fin du vers.
v. 16 : absence d'accent sur le e d'« eclat ».

v. 17 : ponctuation illisible à la fin du vers.
v. 18 : une hésitation est possible du fait de la graphie, d'où le choix de la version imprimée, mais la comparaison avec d'autres *L* et d'autres *S* majuscules ne laisse aucun doute : il faut lire « *Ses* vocalises ». Les autres versions du poème le confirment. *Nous adoptons cette forme.*
v. 19 : ponctuation illisible à la fin du vers.

Manuscrit autographe 2 : V, p. 8-9

v. 2 : Variante : « Du jet d'eau *sanglotant* au marbre de la vasque, ». *Variante mentionnée en note infrapaginale.*
v. 4 : absence de virgules autour de « après le bal ».
v. 10 : virgule entre « s'élève » et « fraîche ». *Nous adoptons cette ponctuation.*
v. 12 : point-virgule à la fin du vers.
v. 14 : point-virgule à la fin du vers.
v. 18 : virgule (ou point-virgule ?) à la fin du vers.
v. 23 : absence de ponctuation à la fin du vers.
v. 24 : point à la fin du vers.

Le Verre et la Tasse

« Axel » de Missie Nizal dans *Le Flambeau* du 30 juin 1921 : deuxième poème, p. 252

L'ensemble du poème est en italique.
v. 1 : absence d'accent sur le « A » au début du vers.
v. 2 : absence de ponctuation à la fin du vers. *Nous adoptons cette ponctuation.*
v. 3 : Variante : « Et pailleté d'or fin qui *semble,* tour à tour, ». *Variante mentionnée en note infrapaginale.*
v. 7 : virgules autour de « à travers ». *Nous adoptons cette ponctuation.*
« Se *fond* ».
Virgule à la fin du vers.
v. 8 : Variante : « Et l'eau que l'on y verse en vin *paraît* changée. ». *Variante mentionnée en note infrapaginale.*
v. 9 : absence d'accent sur le « A » au début du vers.
v. 12 : absence de majuscule à « temps ». *Nous adoptons cette forme.*
v. 17 : absence de ponctuation à la fin du vers.
Le poème est daté de 1913.

Édition imprimée de 1923 : VI, p. 17-18

v. 1 : absence d'accent sur le « A » au début du vers.
v. 2 : virgule à la fin du vers.
v. 7 : absence de virgules autour de « à travers ».
« Se *fend* ».

v. 9 : absence d'accent sur le « A » au début du vers.
v. 12 : majuscule à « Temps ».

Manuscrit autographe 1 : VI, p. 10

Titre : « Le Verre & la Tasse ».
v. 1 : absence d'accent sur le « A » au début du vers.
Tirets demi-cadratins autour de « maître d'art ».
v. 2 : virgule à la fin du vers.
v. 3 : absence d'accent sur le *i* de « parait ».
v. 7 : absence de virgules autour de « à travers ».
« Se *fond* ». Une hésitation est possible avec « se *fend* », d'où le choix de l'édition imprimée, mais les versions du poème présentes dans *Le Flambeau* et dans le Manuscrit autographe 2 confirment bien cette forme. *Nous adoptons cette forme.*
v. 9 : absence d'accent sur le « A » au début du vers.
v. 12 : majuscule à « Temps ».
v. 19 : « parcequ' » semble écrit en un seul mot.

Manuscrit autographe 2 : VI, p. 10

Titre : « Le Verre & la Tasse ».
v. 1 : absence d'accent sur le « A » au début du vers.
v. 2 : absence de ponctuation à la fin du vers. *Nous adoptons cette ponctuation.*
v. 3 : absence d'accent sur le *i* de « parait ».
Absence de virgules autour de « tour à tour ».
v. 7 : virgules autour de « à travers ». *Nous adoptons cette ponctuation.*
« Se *fond* ». *Nous adoptons cette forme.*
Virgule à la fin du vers.
v. 9 : absence d'accent sur le « A » au début du vers.
Il manque l'apostrophe dans « lautre ».
v. 11 : absence de ponctuation entre « trait » et « et ».
v. 12 : absence de majuscule à « temps ». *Nous adoptons cette forme.*
v. 13 : Variante : « Une ronde d'Amours *tient, ainsi qu'*un miroir, ». *Variante mentionnée en note infrapaginale.*
Virgule à la fin du vers.
v. 16 : absence de ponctuation entre « circule » et « à ».
v. 17 : absence de ponctuation à la fin du vers.
v. 19 : « parcequ' » semble écrit en un seul mot.

Vieille Légende

Pour plus de clarté, nous ajoutons, au **v. 6**, des guillemets, absents des trois versions du texte, autour des mots « Tourne » et « Souffre ! ».

Nous ajoutons aussi, au **v. 15**, une virgule, également absente des trois versions du texte, entre « Satan » et « qui ».

Édition imprimée de 1923 : VII, p. 19-20

Titre : absence de majuscule à « légende » (dans la table des poèmes).
v. 11 : majuscule à « Cœur ».
v. 13 : virgule suivie de points de suspension à la fin du vers.
v. 16 : absence d'accent sur le « A » au début du vers.
v. 20 : absence de majuscule à « monde ».

Manuscrit autographe 1 : VII, p. 11

Titre : majuscule à « Légende ». *Nous adoptons cette forme.*
v. 11 : majuscule à « Cœur ».
v. 13 : le premier point des points de suspension placés à la fin du vers a été transformé en une virgule.
v. 14 : tiret entre « Cinq » et « mille ».
v. 16 : absence d'accent sur le « A » au début du vers.
v. 20 : majuscule à « Monde ». *Nous adoptons cette forme.*

Manuscrit autographe 2 : VII, p. 11

Titre : absence de majuscule à « légende ».
v. 6 : virgule entre « Tourne » et « à ».
Point-virgule entre « l'une » et « à ».
Absence de point d'exclamation après « Souffre ».
Virgule à la fin du vers.
v. 10 : point entre « pleurer » et « Il » et majuscule à « Il ».
v. 11 : absence de majuscule à « cœur ». *Nous adoptons cette forme.*
v. 13 : point-virgule à la fin du vers. *Nous adoptons cette ponctuation.*
v. 16 : absence d'accent sur le « A » au début du vers.
v. 19 : absence de ponctuation entre « d'orgueil » et « autant ».
v. 20 : absence de virgules autour de « de sa bouche en flammes ».
Majuscule à « Monde ». *Nous adoptons cette forme.*

Sous un portrait de Gladys Mac Allen

Édition imprimée de 1923 : VIII, p. 21

Les octosyllabes concluant chaque strophe sont alignés à gauche.

Manuscrit autographe 1 : VIII, p. 12

Les octosyllabes concluant chaque strophe sont décalés par un alinéa. *Nous adoptons cette mise en page.*

Manuscrit autographe 2 : VIII, p. 12

Les octosyllabes concluant chaque strophe sont décalés par un alinéa. *Nous adoptons cette mise en page.*

v. 3 : virgule à la fin du vers.
v. 6 : point à la fin du vers.
v. 12 : point à la fin du vers.

Le Printemps

Édition imprimée de 1923 : IX, p. 22

Manuscrit autographe 1 : IX, p. 13

Manuscrit autographe 2 : IX, p. 13

v. 2 : absence de ponctuation à la fin du vers.
v. 3 : absence de ponctuation à la fin du vers.
v. 9 : points de suspension à la fin du vers.
v. 11 : absence de virgules autour de « sous mon baiser de fièvre ».

L'Été

Édition imprimée de 1923 : X, p. 23

Manuscrit autographe 1 : X, p. 14

Titre : absence d'accent sur le premier e de « L'Ete ».
v. 12 : absence d'accent sur le premier e d'« Ete ».

Manuscrit autographe 2 : X, p. 14

Titre : absence d'accent sur le premier e de « L'Ete ».
v. 4 : absence de ponctuation entre « bleu » et « moins ».
v. 8 : absence d'accent sur le premier e d'« epaules ».
v. 9 : point-virgule à la fin du vers.
v. 11 : absence de virgules autour de « et j'ai vu rire ».
v. 12 : absence de ponctuation entre « clairs » et « le rire ».
Absence d'accent sur le premier e d'« Ete ».

L'Automne

Édition imprimée de 1923 : XI, p. 24

v. 1 : absence de majuscule à « automne ».
Point à la fin du vers.

Manuscrit autographe 1 : XI, p. 15

v. 1 : majuscule à « Automne ». *Nous adoptons cette forme.* Point à la fin du vers.
v. 8 : absence de ponctuation entre « amours » et « nous ». *Erratum* : « auront ».

Manuscrit autographe 2 : XI, p. 15

v. 1 : majuscule à « Automne ». *Nous adoptons cette forme.* Absence de ponctuation entre « l'Automne » et « âpre ». Virgule à la fin du vers. *Nous adoptons cette ponctuation.*
v. 2 : virgule à la fin du vers.
v. 6 : point à la fin du vers.
v. 10 : absence de majuscule à « entassons ». Point-virgule à la fin du vers.
v. 11 : point-virgule à la fin du vers.

L'Hiver

Édition imprimée de 1923 : XII, p. 25

Manuscrit autographe 1 : XII, p. 16

v. 3 : *Erratum* : « dormes ».

Manuscrit autographe 2 : XII, p. 16

v. 3 : virgule entre « Bouger » et « car ».
v. 7 : absence de ponctuation à la fin du vers.
v. 10 : points de suspension à la fin du vers.
v. 11 : Variante : « Et je pleure en *touchant* d'une *main* attendrie ». *Variante mentionnée en note infrapaginale.*

Plus Haut

Édition imprimée de 1923 : XIII, p. 26

Titre : absence de majuscule à « haut » (dans la table des poèmes).
v. 2 : absence de ponctuation à la fin du vers.
v. 10 : absence d'accent sur le premier *e* d'« Eden ».

Manuscrit autographe 1 : XIII, p. 17

Titre : majuscule à « Haut ». *Nous adoptons cette forme.*
v. 2 : absence de ponctuation à la fin du vers.
v. 4 : *Erratum* : « cîmes ».
v. 10 : absence d'accent sur le premier *e* d'« Eden ».

Manuscrit autographe 2 : XIII, p. 17

Titre : absence de majuscule à « haut ».

v. 1 : « Amis » a sans doute été corrigé en « Ami ».
Majuscule à « Cieux ».

v. 2 : virgule à la fin du vers. *Nous adoptons cette ponctuation.*

v. 4 : Variante : « *Quand* nous ne pouvons pas descendre encor des cîmes ». *Variante mentionnée en note infrapaginale.*
Erratum : « cîmes ».

v. 6 : Variante : « Que *les* sens révulsés puisse joindre jamais, ». *Variante mentionnée en note infrapaginale.*

v. 10 : absence d'accent sur le premier e d'« Eden ».

Les Errants

Édition imprimée de 1923 : XIV, p. 27-29

v. 10 : absence de majuscules à « juifs-errants » et à « amour ».

v. 28 : absence d'accent sur le « A » au début du vers.

Manuscrit autographe 1 : XIV, p. 18-20

v. 10 : pas de majuscules à « juifs-errants ».
Majuscule à « Amour ». *Nous adoptons cette forme.*

v. 17 : ponctuation difficilement lisible à la fin du vers, probablement une virgule.

v. 18 : ponctuation difficilement lisible à la fin du vers, probablement un point.

v. 19 : fin du vers illisible.

v. 28 : absence d'accent sur le « A » au début du vers.

v. 32 : majuscule à « Amour ».
Absence de ponctuation à la fin du vers.

v. 42 : absence de ponctuation entre « haletants » et « vers ».

v. 43 : fin du vers illisible.

Manuscrit autographe 2 : XIV, p. 18-19

v. 10 : majuscules à « Juifs-Errants » et à « Amour ». *Nous adoptons ces formes.*

v. 13 : Variante : « Traqués par la rigueur *des* règles surannées ». *Variante non mentionnée en note infrapaginale.*

v. 15 : absence de virgules autour de « parmi les frondaisons fanées ».

v. 17 : point à la fin du vers.

v. 18 : absence de ponctuation entre « marchent » et « le ».
Points de suspension à la fin du vers.

v. 26 : points de suspension à la fin du vers.

v. 28 : absence d'accent sur le « A » au début du vers.

v. 41 : absence de ponctuation à la fin du vers.

v. 43 : absence de ponctuation à la fin du vers.

À Melati

Édition imprimée de 1923 : XV, p. 30-32

Titre : absence d'accent sur le « A » initial.
v. 5 : la note sur le mot *saroeng* donne « longue robe *javanaise* » (ce qui est plus exact). *Nous adoptons cette tournure.*
v. 7 : absence de majuscule à « maître ».
v. 14 : Erreur de copie : « A pris ton *corps* léger ».
v. 23 : virgule à la fin du vers.
v. 35 : *Erratum* : « éteindre ».

Manuscrit autographe 1 : XV, p. 21-22

Titre : absence d'accent sur le « A » initial.
v. 3 : majuscule à « Maître ».
v. 5 : la note sur le mot *saroeng* donne « longue robe *des Javanaises* ».
v. 7 : majuscule à « Maître ». *Nous adoptons cette forme.*
v. 14 : « A pris ton *cœur* léger ».
v. 23 : absence de ponctuation à la fin du vers. *Nous adoptons cette ponctuation.*
v. 32 : *Erratum* : « que-t'a-t-il ».
v. 40 : ponctuation en partie illisible à la fin du vers : point ou points de suspension ?

Manuscrit autographe 2 : XV, p. 20-21

Titre : absence d'accent sur le « A » initial.
Accent sur le e de « Mélati ».
v. 5 : « saroeng » est souligné.
Absence de virgules autour de « bordé de blanc ».
Virgule à la fin du vers.
v. 6 : virgule à la fin du vers.
v. 7 : majuscule à « Maître ». *Nous adoptons cette forme.*
v. 9 : Variante : « D'un beau geste *d'Hébé* tu lui verses à boire ; ». *Variante mentionnée en note infrapaginale.*
Point-virgule à la fin du vers.
v. 10 : absence de ponctuation entre « viens » et « et ».
v. 14 : « A pris ton *cœur* léger ».
v. 20 : virgule entre « lèvre » et « et ».
v. 23 : absence de ponctuation à la fin du vers. *Nous adoptons cette ponctuation.*
v. 25 : virgule à la fin du vers.
v. 30 : points de suspension à la fin du vers.
v. 34 : absence de ponctuation à la fin du vers.

v. 35 : point-virgule à la fin du vers.
v. 36 : point à la fin du vers.
v. 38 : virgule à la fin du vers
v. 40 : point à la fin du vers.

La Bouche

Édition imprimée de 1923 : XVI, p. 33

Manuscrit autographe 1 : XVI, p. 23

Manuscrit autographe 2 : XVI, p. 22

Absence de saut de ligne entre les strophes.
v. 4 : Variante : « Me *charma,* ni ses yeux – ces deux caresses bleues – ».
Variante mentionnée en note infrapaginale.
v. 9 : absence de ponctuation à la fin du vers.

La Chanson de Mahéli

Édition imprimée de 1923 : XVII, p. 34-35

Manuscrit autographe 1 : XVII, p. 24

v. 8 : absence de tiret entre « prends » et « moi ».
v. 16 : tiret cadratin (et absence de point) à la fin du vers.

Manuscrit autographe 2 : XVII, p. 23

v. 1 : majuscule à « Maîtresse ».
v. 3 : points de suspension à la fin du vers.
v. 4 : point à la fin du vers.
v. 5 : absence de ponctuation entre « joie » et « évoque ».
v. 6 : point-virgule à la fin du vers.
v. 7 : absence de tiret entre « Désire » et « la ».
v. 8 : absence de tiret entre « prends » et « moi ».
v. 11 : *Erratum* : « aît ».
Points de suspension à la fin du vers.
v. 12 : point à la fin du vers.
v. 13 : virgule entre « chair » et « elle ».
v. 15 : point-virgule entre « cœur » et « j'ai ».

Le Pétale

Édition imprimée de 1923 : XVIII, p. 36-37

v. 9 : absence d'accent sur le « A » au début du vers.
Virgule à la fin du vers.

Manuscrit autographe 1 : XVIII, p. 25

v. 9 : absence d'accent sur le « A » au début du vers.
Absence de ponctuation à la fin du vers. *Nous adoptons cette ponctuation.*

Manuscrit autographe 2 : XVIII, p. 24

v. 4 : points de suspension à la fin du vers. *Nous adoptons cette ponctuation.*

v. 9 : absence d'accent sur le « A » au début du vers.
Absence de ponctuation à la fin du vers. *Nous adoptons cette ponctuation.*

Dédaignée

Au **v. 17** (v. 13 pour le Manuscrit autographe 1), nous supprimons la virgule qu'on trouve à la fin du vers.

Édition imprimée de 1923 : XIX, p. 38-39

v. 2 : absence d'accent sur le « A » au début du vers.

v. 6 : absence d'accent sur le « A » au début du vers.

v. 9 : virgule à la fin du vers.

v. 17 : virgule à la fin du vers.

Manuscrit autographe 1 : XIX, p. 26-27

v. 2 : absence d'accent sur le « A » au début du vers.
Erratum : « foule ».

v. 6 : absence d'accent sur le « A » au début du vers.

v. 9 : *Erratum* : « quelques ».
Virgule à la fin du vers.

Une note marginale écrite verticalement indique « à intervertir » et concerne la quatrième et la cinquième strophe.

v. 13 (correspondant au v. 17 des deux autres versions du texte) **:** virgule à la fin du vers.

Manuscrit autographe 2 : XIX, p. 25-26

v. 2 : absence d'accent sur le « A » au début du vers.
Points de suspension à la fin du vers.

v. 3 : tirets demi-cadratins autour de « si c'est ton envie ».
v. 6 : absence d'accent sur le « A » au début du vers.
Point-virgule à la fin du vers.
v. 9 : *Erratum* : « quelques ».
Absence de ponctuation à la fin du vers. *Nous adoptons cette ponctuation.*
v. 14 : absence de tiret entre « fût » et « ce ».
v. 17 : tirets demi-cadratins autour de « pour une heure à peine ».
v. 21 : absence de majuscule à « tu ».
Virgule à la fin du vers.
v. 23 : virgules autour de « avant que j'en meure ».
v. 24 : point à la fin du vers.

Le Gris et le Bleu

Au **v. 24**, faudrait-il comprendre « *Est* sur la terre et dans les cieux » ?

Édition imprimée de 1923 : XX, p. 40-43

v. 26 : absence de majuscule à « nature ».
v. 42 : absence d'accent sur le « A » suivant le premier point d'interrogation.
v. 52 : point d'exclamation à la fin du vers.
v. 68 : absence d'accent sur le « A » au début du vers.

Manuscrit autographe 1 : XX, p. 28-30

Titre : « Le Gris & le bleu ».
v. 13 : tiret introduisant le discours direct après le guillemet ouvrant.
v. 21 : tiret introduisant le discours direct sous le guillemet ouvrant.
v. 22 : absence de ponctuation entre « morts » et « tous ».
v. 26 : majuscule à « Nature ». *Nous adoptons cette forme.*
Absence de ponctuation entre « Nature » et « tout ».
v. 40 : tiret introduisant le discours direct sous le guillemet ouvrant.
v. 42 : absence d'accent sur le « A » suivant le premier point d'interrogation.
v. 52 : point d'exclamation à la fin du vers.
v. 57 : tiret demi-cadratin entre « Ainsi » et « suivant ».
v. 68 : absence d'accent sur le « A » au début du vers.
Tiret cadratin (et absence de point) à la fin du vers.

Manuscrit autographe 2 : XX, p. 27-29

Titre : « Le Gris & le Bleu ».
v. 13 : tiret introduisant le discours direct sous le guillemet ouvrant.
Virgule à la fin du vers.
v. 15 : point avant le guillemet fermant.

v. 21 : tiret introduisant le discours direct sous le guillemet ouvrant. Point-virgule à la fin du vers.
v. 22 : absence de ponctuation entre « morts » et « tous ».
v. 26 : majuscule (?) à « Nature ». *Nous adoptons cette forme.*
v. 40 : tiret introduisant le discours direct avant le guillemet ouvrant.
v. 42 : absence d'accent sur le « A » suivant le premier point d'interrogation.
v. 50 : virgule à la fin du vers.
v. 51 : absence de tiret entre « peut » et « être ».
v. 52 : point-virgule à la fin du vers. *Nous adoptons cette ponctuation.*
v. 58 : Variante : « Qui sera, jusqu'*au dernier soir,* ». *Variante non mentionnée en note infrapaginale.*
v. 62 : absence de ponctuation à la fin du vers.
v. 68 : absence d'accent sur le « A » au début du vers.
Tiret cadratin prolongeant le *x* final (et absence de point) à la fin du vers.

Ramasseurs de rayons de lune

Édition imprimée de 1923 : XXI, p. 44-47

v. 10 : absence de majuscule à « chimère ».
v. 11 : absence d'accent sur le « A » au début du vers.
v. 15 : absence de ponctuation entre « Vous » et « contents ».
v. 18 : absence d'accent sur le « A » au début du vers.
v. 21 : absence de majuscule à « raison ».
v. 30 : absence de majuscule à « anges ».
v. 38 : absence d'accent sur le « A » au début du vers.
v. 55 : virgule à la fin du vers.
v. 59 : Variante : « Et parcouru*, de* bout *en* bout*,* ». *Variante non mentionnée en note infrapaginale.*
v. 66 : absence de majuscules à « songe-creux ».
v. 70 : virgule entre « vont » et « chantant ».

Manuscrit autographe 1 : XXI, p. 31-34

v. 10 : absence de majuscule à « chimère ».
v. 11 : absence d'accent sur le « A » au début du vers.
v. 12 : absence d'accents sur les deux premiers *e* d'« ephemère ».
v. 15 : absence de ponctuation entre « Vous » et « contents ».
v. 18 : absence d'accent sur le « A » au début du vers.
v. 21 : absence de ponctuation entre « Vous » et « les ».
Absence de majuscule à « raison ».
v. 30 : majuscule à « Anges ». *Nous adoptons cette forme.*
v. 32 : ponctuation difficilement lisible à la fin du vers, très probablement un point.
v. 38 : absence d'accent sur le « A » au début du vers.

v. 55 : virgule à la fin du vers.
v. 59 : Variante : « Et parcouru, *du* bout *au* bout, ». *Nous adoptons cette variante (mais pas cette ponctuation).*
v. 66 : absence de majuscules à « songe-creux ».
On trouve l'orthographe ancienne « poëtes ».
v. 70 : absence de ponctuation entre « vont » et « chantant ». *Nous adoptons cette ponctuation.*

Manuscrit autographe 2 : XXI, p. 30-33

v. 4 : virgule à la fin du vers.
v. 8 : absence de majuscule à « mirage ».
v. 10 : majuscule à « Chimère ». *Nous adoptons cette forme.*
v. 11 : absence d'accent sur le « A » au début du vers.
v. 12 : absence d'accent sur le premier e d'« ephémère ».
v. 14 : virgule à la fin du vers.
v. 15 : virgule entre « Vous » et « contents ». *Nous adoptons cette ponctuation.*
v. 18 : absence d'accent sur le « A » au début du vers.
v. 21 : majuscule à « Raison ». *Nous adoptons cette forme.*
v. 26 : virgule ou point-virgule (?) à la fin du vers.
v. 27 : virgule à la fin du vers.
v. 28 : virgule à la fin du vers.
v. 30 : majuscule à « Anges ». *Nous adoptons cette forme.*
v. 32 : point-virgule à la fin du vers.
v. 36 : virgule ou point-virgule (?) à la fin du vers.
v. 38 : absence d'accent sur le « A » au début du vers.
v. 40 : point-virgule à la fin du vers.
v. 42 : point à la fin du vers.
v. 48 : virgule à la fin du vers.
v. 50 : absence de ponctuation à la fin du vers.
v. 51 : virgules autour de « comme un rayon ».
v. 55 : points de suspension à la fin du vers. *Nous adoptons cette ponctuation.*
v. 59 : Variante : « Et parcouru *du* bout *au* bout ». *Nous adoptons cette variante (et cette ponctuation).*
v. 66 : majuscules à « Songe-Creux ». *Nous adoptons cette forme.*
v. 70 : absence de ponctuation entre « vont » et « chantant ». *Nous adoptons cette ponctuation.*
v. 72 : point à la fin du vers.

Afin d'indiquer plus clairement le discours direct, nous plaçons un guillemet ouvrant au **v. 5** et un guillemet fermant (absent des trois versions du texte) à la fin du **v. 118**.

Édition imprimée de 1923 : XXII, p. 48-52

v. 5 : tiret cadratin introduisant le discours direct au début du vers.
v. 8 : absence d'accent sur le « A » au début du vers.
v. 9 : absence de tiret entre « seize » et « cent ».
Absence de majuscule à « maître ».
v. 10 : absence d'accent sur le « A » au début du vers.
v. 12 : tiret entre « charme. » et « Un ».
v. 16 : absence d'accent sur le « A » au début du vers.
v. 18 : absence d'accent sur le « A » au début du vers.
v. 19 : virgules autour de « non des moindres ».
v. 28 : virgule entre « d'or » et « et ».
v. 31 : Maëlle De Brouwer propose d'adopter, pour des raisons métriques, l'orthographe « Woluwée » (voir son mémoire, p. 7), à la place de « Woluwe », orthographe qui a été choisie dans les trois versions du texte et que nous décidons donc de conserver. Le mot doit sans aucun doute être prononcé comme un néerlandophone le ferait, en marquant bien la dernière syllabe, dont le e n'est donc pas muet.
v. 41 : absence de majuscule à « seigneur ».
v. 42 : Variante : « Nous ne douterons point que ce *fût* une faute ». *Variante non mentionnée en note infrapaginale.*
v. 43 : point à la fin du vers.
v. 48 : tiret entre « peintre. » et « Isabelle ».
v. 54 : virgule à la fin du vers.
v. 65 : virgule entre « s'émeut » et « l'étrange ».
v. 67 : virgule entre « plus » et « il ».
v. 68 : absence de majuscule à « seigneur ».
v. 70 : absence d'accent sur le « A » au début du vers.
v. 71 : point entre « peintre » et « Ah ! ».
v. 72 : point entre « s'indignait » et « Rubens ».
v. 73 : *Erratum* : « sermonant ».
v. 77 : « Saint-Martin ».
v. 78 : absence de ponctuation entre « Isabelle » et « s'aidant ».
v. 79 : absence d'accent sur le « A » au début du vers.
v. 84 : tiret entre « repartît. » et « Jamais ».
v. 98 : absence d'accent sur le *e* d'« Eblouissait ».
v. 99 : absence d'accent sur le premier e d'« Epuisé ».
v. 111 : « Saint-Martin ».
Point-virgule à la fin du vers.
v. 112 : absence d'accent sur le *e* d'« Evoquant ».

Manuscrit autographe 1 : XXII, p. 35-39

v. 5 : tiret cadratin introduisant le discours direct au début du vers.
v. 8 : absence d'accent sur le « A » au début du vers.
v. 9 : majuscule à « Maître ». *Nous adoptons cette forme.*
v. 10 : absence d'accent sur le « A » au début du vers.
v. 12 : tiret entre « charme. » et « Un ».
v. 16 : absence d'accent sur le « A » au début du vers.
v. 18 : absence d'accent sur le « A » au début du vers.
v. 19 : tirets autour de « non des moindres ». *Nous adoptons cette ponctuation.*
v. 25 : absence d'accent sur le premier e d'« etablie ».
v. 26 : *Erratum* : « prit ».
v. 28 : tirets demi-cadratins autour de « et son pardon » (et absence de point à la fin du vers).
v. 41 : majuscule à « Seigneur ». *Nous adoptons cette forme.*
v. 42 : Variante : « Nous ne douterons point que ce *fut* une faute ». *Nous adoptons cette variante.*
v. 43 : point à la fin du vers.
v. 48 : absence de tiret entre « peintre. » et « Isabelle ». *Nous adoptons cette ponctuation.*
v. 54 : absence de ponctuation à la fin du vers. *Nous adoptons cette ponctuation.*
Dans la note portant sur « "Château de Lille" », majuscule à « Kasteel ».
v. 65 : point-virgule entre « s'émeut » et « l'étrange ». *Nous adoptons cette ponctuation.*
v. 67 : virgule entre « plus » et « il ».
v. 68 : majuscule à « Seigneur ». *Nous adoptons cette forme.*
v. 70 : absence d'accent sur le « A » au début du vers.
v. 71 : point d'exclamation suivi de points de suspension entre « peintre » et « Ah ! ». *Nous adoptons cette ponctuation.*
Majuscule à « Non » ?
v. 72 : point entre « s'indignait » et « Rubens ».
v. 77 : « S$^{\underline{t}}$ Martin ».
v. 78 : absence de ponctuation entre « Isabelle » et « s'aidant ». *Nous adoptons cette ponctuation.*
v. 79 : absence d'accent sur le « A » au début du vers.
v. 80 : *Erratum* : « put ».
v. 82 : absence de ponctuation entre « l'adoucir » et « Rubens ».
v. 84 : tiret entre « repartît. » et « Jamais ».
v. 98 : absence d'accent sur le e d'« Eblouissait ».
Virgule entre « Et » et « lorsque ».
v. 99 : absence d'accent sur le premier e d'« Epuisé ».
v. 109 : absence d'accent sur le premier e d'« eglise ».
v. 111 : « S$^{\underline{t}}$ Martin ».
Virgule à la fin du vers. *Nous adoptons cette ponctuation.*

v. 112 : absence d'accent sur le *e* d'« Evoquant ».
v. 118 : retour à la ligne entre « mon amour ? » et « — Certes ! », mot placé tout à droite de la ligne suivante.

Manuscrit autographe 2 : XXII, p. 34-38

v. 2 : virgule entre « Lui » et « dans ».
v. 5 : guillemet ouvrant introduisant le discours direct à la place du tiret cadratin présent dans les deux autres versions du texte (mais on ne trouve pas de guillemet fermant à la fin du texte).
Absence de ponctuation à la fin du vers.
v. 6 : absence de ponctuation entre « légende » et « et ».
v. 8 : absence d'accent sur le « A » au début du vers.
v. 9 : majuscule à « Maître ». *Nous adoptons cette forme.*
v. 10 : absence d'accent sur le « A » au début du vers.
v. 11 : virgule entre « Rubens » et « rival ».
v. 12 : absence de tiret entre « charme. » et « Un ». *Nous adoptons cette ponctuation.*
v. 16 : absence d'accent sur le « A » au début du vers.
v. 18 : absence d'accent sur le « A » au début du vers.
Erratum : « l'exposait ».
v. 19 : tirets autour de « non des moindres ». *Nous adoptons cette ponctuation.*
v. 22 : point-virgule à la fin du vers.
v. 26 : *Erratum* : « prit ».
v. 28 : tiret demi-cadratin entre « d'or » et « et ». *Nous adoptons cette ponctuation.*
v. 32 : Variante : « Où vivait en ce temps *le Seigneur* Van Ophem ». *Variante mentionnée en note infrapaginale.*
v. 36 : point d'exclamation suivi de points de suspension à la fin du vers.
v. 41 : majuscule à « Seigneur ». *Nous adoptons cette forme.*
v. 42 : Variante : « Nous ne douterons *pas* que ce *fut* une faute ». *Nous adoptons cette variante.*
v. 43 : points de suspension à la fin du vers. *Nous adoptons cette ponctuation.*
v. 44 : virgule entre « prit » et « en ».
v. 46 : point à la fin du vers.
v. 47 : majuscule à « Sœurs » ?
v. 48 : absence de tiret entre « peintre. » et « Isabelle ». *Nous adoptons cette ponctuation.*
v. 54 : « Château de Lille » est souligné.
Absence de ponctuation à la fin du vers. *Nous adoptons cette ponctuation.*
v. 56 : points de suspension à la fin du vers.
v. 58 : Variante : « Je ne vous dirai *pas* tout ce qu'au clair de lune ». *Variante non mentionnée en note infrapaginale.*

v. 59 : points de suspension à la fin du vers.
v. 61 : point à la fin du vers.
v. 62 : *Erratum* : « jours ».
v. 64 : majuscule à « Ville » ?
Points de suspension à la fin du vers.
v. 65 : point-virgule entre « s'émeut » et « l'étrange ». *Nous adoptons cette ponctuation.*
v. 67 : point-virgule entre « plus » et « il ». *Nous adoptons cette ponctuation.*
v. 68 : majuscule à « Seigneur ». *Nous adoptons cette forme.*
v. 70 : absence d'accent sur le « A » au début du vers.
v. 71 : Variante : « *Un peintre, un roturier, fils de marchand* ! Ah ! non. » *Variante mentionnée en note infrapaginale.*
v. 72 : point-virgule entre « s'indignait » et « Rubens ». *Nous adoptons cette ponctuation.*
v. 77 : « St Martin ».
Absence d'accent sur le premier e d'« eglise ».
v. 78 : virgule entre « Isabelle » et « s'aidant ». *Nous adoptons cette ponctuation.*
v. 79 : absence d'accent sur le « A » au début du vers.
Virgule à la fin du vers.
v. 80 : *Erratum* : « put ».
v. 82 : absence de ponctuation entre « l'adoucir » et « Rubens ».
v. 83 : point entre « tard » et « Il ».
v. 84 : absence de tiret entre « repartît. » et « Jamais ». *Nous adoptons cette ponctuation.*
v. 87 : absence de ponctuation entre « souvenir » et « confus ».
v. 89 : virgule à la fin du vers.
v. 98 : absence d'accent sur le e d'« Eblouissait ».
Virgule entre « Et » et « lorsque ».
v. 99 : absence d'accent sur le premier e d'« Epuisé ».
v. 103 : majuscule à « Chronique ».
v. 105 : virgule entre « Et » et « malgré ».
v. 106 : Variante : « Par *le soleil* ou sur la route ensevelie ». *Variante mentionnée en note infrapaginale.*
v. 108 : virgules autour de « sans faute ».
v. 111 : « St Martin ».
Virgule à la fin du vers. *Nous adoptons cette ponctuation.*
v. 112 : absence d'accent sur le e d'« Evoquant ».
v. 118 : retour à la ligne entre « mon amour ? » et « Certes ! », mot placé tout à droite de la ligne suivante. Le tiret cadratin indiquant le changement de locuteur est quasiment absent.

Édition imprimée de 1923 : XXIII, p. 53-54

Les swastikas dextrogyre et sénestrogyre (ou lévogyre) situés respectivement à gauche et à droite du titre figurent dans l'édition imprimée.
v. 3 : *Erratum* : « emblême ».
v. 13 : point entre « amulette » et « ou ».
v. 21 : absence de ponctuation à la fin du vers.
v. 22 : absence d'accent sur le « A » au début du vers.
v. 25 : absence de ponctuation entre « Ainsi » et « venu ».

Manuscrit autographe 1 : XXIII, p. 40-41

Nizet a dessiné un swastika dextrogyre à gauche du titre, et un swastika sénestrogyre (ou lévogyre) à droite du titre.
v. 3 : *Erratum* : « emblême ».
v. 4 : absence d'accent sur le premier e de « vehdiques ».
v. 12 : ponctuation illisible à la fin du vers.
v. 15 : ponctuation illisible à la fin du vers.
v. 21 : absence de ponctuation à la fin du vers.
v. 22 : absence d'accent sur le « A » au début du vers.
v. 25 : « venu » a été rajouté entre « Ainsi » et « du ».
Absence de ponctuation entre « Ainsi » et « venu ».
v. 28 : tiret cadratin (et absence de point) à la fin du vers.

Manuscrit autographe 2 : XXIII, p. 39-40

Nizet a dessiné un swastika dextrogyre à gauche du titre, et un swastika sénestrogyre (ou lévogyre) à droite du titre.
v. 3 : *Erratum* : « emblême » (?).
v. 4 : absence d'accent sur le premier e de « vehdiques ».
v. 7 : absence de ponctuation à la fin du vers.
v. 10 : « scruta » (?).
v. 16 : point à la fin du vers.
v. 18 : virgule à la fin du vers.
v. 19 : Variante : « Et les *époux* et les *amants* ont fait de toi ». *Variante mentionnée en note infrapaginale.*
Absence d'accent sur le e d'« epoux ».
v. 21 : virgule à la fin du vers. *Nous adoptons cette ponctuation.*
v. 22 : absence d'accent sur le « A » au début du vers.
Absence de majuscule à « nirvânas ».
v. 25 : virgule entre « Ainsi » et « venu ». *Nous adoptons cette ponctuation.*

L'Arbre

« Axel » de Missie Nizal dans *Le Flambeau* du 30 juin 1921 : quatrième poème, p. 254-255

L'ensemble du poème est en italique.

v. 2 : absence de majuscule à « nature ».

v. 3 : virgule entre « roux » et « chers ».
Points de suspension à la fin du vers.

v. 5 : point à la fin du vers.

v. 6 : virgules autour de « partant ».

v. 8 : deux-points à la fin du vers. *Nous adoptons cette ponctuation.*

v. 10 : point-virgule à la fin du vers.

v. 14 : absence d'accent sur le e de « Yedo ».
Virgule à la fin du vers.

v. 15 : virgules autour de « dans cet air léger ».

v. 18 : tiret cadratin suivi d'un guillemet ouvrant au début du vers.
Le vers est coupé en deux (entre « là ? » et « — Mais ») avec un retour à la ligne. Le second segment est aligné à droite.
Virgule entre « Mais » et « cet ».
Guillemet fermant à la fin du vers.

v. 19 : points de suspension entre « s'éloigne » et « Celui ».

v. 21 : point à la fin du vers.

v. 22 : point-virgule à la fin du vers.

v. 24 : majuscule à « Arbre ».

Le poème est daté de 1920.

Au **v. 18**, nous remplaçons par un guillemet ouvrant le tiret de dialogue placé au début du vers dans les trois versions du texte qui suivent et nous ajoutons un guillemet fermant à la fin du vers.

Édition imprimée de 1923 : XXIV, p. 55-56

v. 6 : absence de virgules autour de « partant ».

v. 7-15 : ancien usage des guillemets pour le discours direct, placés au début de chaque nouveau vers.

v. 7 : tiret entre « Regardez » et « là ».

v. 8 : point à la fin du vers.

Manuscrit autographe 1 : XXIV, p. 42-43

v. 2 : absence de ponctuation entre « D'automne » et « la ».

v. 6 : absence de virgules autour de « partant ».

v. 7-15 : ancien usage des guillemets pour le discours direct, placés au début de chaque nouveau vers.

v. 7 : tiret entre « Regardez » et « là ».

v. 8 : point à la fin du vers.

v. 18 : ponctuation difficilement lisible à la fin du vers, très probablement un point.
v. 22 : absence d'accent sur le *i* de « trainé ».
v. 24 : tiret cadratin après le point final.

Manuscrit autographe 2 : XXIV, p. 41-42
v. 2 : majuscule à « Automne ».
v. 3 : virgule entre « roux » et « chers ».
Point-virgule à la fin du vers.
v. 4 : absence de virgules autour de « la main dans la main ».
v. 6 : virgules autour de « partant ». *Nous adoptons cette ponctuation.*
v. 7 : tiret entre le guillemet ouvrant et « Regardez ».
v. 8 : deux-points à la fin du vers. *Nous adoptons cette ponctuation.*
v. 14 : absence de ponctuation à la fin du vers.
v. 21 : point à la fin du vers.
v. 22 : point-virgule à la fin du vers.
v. 23 : absence de tiret entre « peut » et « être ».

L'INSULINDE

Dans la mesure où le **titre** fait très clairement référence au navire d'Axel et non à l'archipel dans lequel il vit le jour, nous choisissons, même si ce n'est pas le cas dans la version imprimée (dans les cahiers, le titre est souligné comme tous les autres), de le mettre en italique, comme au sein du poème lui-même – le choix de la poétesse y est très explicite.

« Axel » de Missie Nizal dans *Le Flambeau* du 30 juin 1921 : troisième poème, p. 253-254
L'ensemble du poème est en italique.
v. 1 : virgule à la fin du vers. *Nous adoptons cette ponctuation.*
v. 5 : virgule entre « l'avant » et « sculpté ». *Nous adoptons cette ponctuation.*
v. 6 : absence de ponctuation à la fin du vers.
v. 7 : points de suspension à la fin du vers.
v. 10 : virgule à la fin du vers.
v. 13 : absence de ponctuation à la fin du vers.
v. 14 : virgule à la fin du vers.
v. 15 : *Erratum* : « *le* mousson ».
Point à la fin du vers.
v. 16 : « Insulinde » en romain.
v. 18 : virgule à la fin du vers.
v. 20 : point à la fin du vers.
v. 25 : point à la fin du vers.

Ligne de points (comme suit) **entre le v. 32 et le v. 33** :

. . . .

Nous adoptons cette mise en page.

v. 32 : virgule entre « suivra » et « d'escale ». *Nous adoptons cette ponctuation.*

v. 36 : points de suspension entre « revenu » et « sans ». *Nous adoptons cette ponctuation.*

Absence de majuscule à « capitaine ».

Point d'exclamation à la fin du vers. *Nous adoptons cette ponctuation.*

Le poème est daté de 1914.

Édition imprimée de 1923 : XXV, p. 57-58

v. 1 : point-virgule à la fin du vers.

v. 5 : absence de ponctuation entre « l'avant » et « sculpté ».

v. 32 : absence de ponctuation entre « suivra » et « d'escale ».

v. 36 : tiret entre « revenu » et « sans ».

Absence de majuscule à « capitaine ».

Point à la fin du vers.

Manuscrit autographe 1 : XXV, p. 44-45

Titre : manque l'apostrophe.

v. 1 : point-virgule à la fin du vers.

v. 5 : absence de ponctuation entre « l'avant » et « sculpté ».

v. 15 : *Erratum* : « Malgré la *tête* ». « Tête » est souligné au crayon de papier, sûrement par les éditeurs du recueil, et une annotation a été faite par la même main dans la marge à gauche : « tempête (?) ».

v. 16 : « l'Insulinde » est souligné.

v. 32 : virgule entre « suivra » et « d'escale ». *Nous adoptons cette ponctuation.*

v. 35 : *Erratum* : « bâteau ».

v. 36 : tiret entre « revenu » et « sans ».

Majuscule à « Capitaine ». *Nous adoptons cette forme.*

Tiret cadratin (et absence de point) à la fin du vers.

Manuscrit autographe 2 : XXV, p. 43-44

v. 1 : virgule à la fin du vers. *Nous adoptons cette ponctuation.*

v. 5 : virgule entre « l'avant » et « sculpté ». *Nous adoptons cette ponctuation.*

Absence de ponctuation à la fin du vers.

v. 6 : absence de ponctuation à la fin du vers.

v. 13 : absence de ponctuation à la fin du vers.

v. 14 : virgule à la fin du vers.

v. 15 : Variante : « Malgré la tempête *et* sous la mousson. ». *Variante non mentionnée en note infrapaginale.*

Point à la fin du vers.

v. 16 : « l'Insulinde » est souligné.
v. 17 : absence de tiret entre « là » et « bas ».
v. 18 : virgule à la fin du vers.
v. 20 : point à la fin du vers.
v. 23 : points de suspension entre « bord » et « tout ».
v. 25 : point à la fin du vers.
v. 26 : points de suspension à la fin du vers.
v. 27 : point à la fin du vers.
v. 28 : Variante : « Le soleil s'éteint et *mon âme est* veuve. ». *Variante mentionnée en note infrapaginale.*
v. 32 : absence de ponctuation entre « suivra » et « d'escale ».
v. 33 : virgules autour de « comme un instinct ».
v. 35 : *Erratum* : « bâteau ».
v. 36 : points de suspension entre « revenu » et « sans ». *Nous adoptons cette ponctuation.*
Majuscule à « Capitaine ». *Nous adoptons cette forme.*
Point à la fin du vers.

Lettre sans adresse

Édition imprimée de 1923 : XXVI, p. 59-61

v. 2 : virgule à la fin du vers.
v. 36 : absence d'accent sur le « A » au début du vers.
v. 41 : virgule à la fin du vers.

Manuscrit autographe 1 : XXVI, p. 46-48

v. 2 : point à la fin du vers. *Nous adoptons cette ponctuation.*
v. 36 : absence d'accent sur le « A » au début du vers.
v. 41 : virgule à la fin du vers.

Manuscrit autographe 2 : XXVI, p. 45-47

v. 1 : point-virgule à la fin du vers.
v. 2 : point à la fin du vers. *Nous adoptons cette ponctuation.*
v. 6 : point à la fin du vers.
v. 10 : point à la fin du vers.
v. 13 : on peut considérer qu'il y a une majuscule à « Dieu », même s'il ne présente pas la même graphie que les autres *D* majuscules.
v. 15 : absence de ponctuation à la fin du vers.
v. 34 : absence de ponctuation à la fin du vers.
v. 36 : absence d'accent sur le « A » au début du vers.
v. 40 : virgule à la fin du vers.
v. 41 : absence de ponctuation à la fin du vers. *Nous adoptons cette ponctuation.*

On trouve deux sauts de ligne **entre le v. 44 et le v. 45**.

v. 46 : points de suspension à la fin du vers.

v. 48 : absence de ponctuation entre « mort » et « et » et absence de majuscule à « et ».
Point à la fin du vers.

Fins dernières

Édition imprimée de 1923 : XXVII, p. 62-63

v. 1 : virgule à la fin du vers.

v. 21 : absence d'accent sur le « A » au début du vers.

v. 32 : Erreur de copie : le *u* d'« Où » accentué.

Manuscrit autographe 1 : XXVII, p. 49-50

v. 1 : point-virgule à la fin du vers. *Nous adoptons cette ponctuation.*

v. 21 : absence d'accent sur le « A » au début du vers.

v. 32 : absence d'accent sur le *u* d'« Ou ».

Manuscrit autographe 2 : XXVII, p. 48-49

v. 1 : point-virgule à la fin du vers. *Nous adoptons cette ponctuation.*

v. 6 : « je » rajouté d'une autre couleur.

v. 11 : Variante : « Nos corps vont se *décomposer* ». *Variante mentionnée en note infrapaginale.*

v. 12 : virgule à la fin du vers.

v. 16 : majuscule à « Nature ».

v. 18 : point à la fin du vers.

v. 19 : virgules autour de « ô volupté » et absence de point d'exclamation après ces mots.

v. 21 : absence d'accent sur le « A » au début du vers.
Virgule entre « tour » et « ils ».

v. 23 : virgule entre « Et » et « tels ».
Absence de virgule entre « enfin » et « ils ».

v. 28 : absence d'accent sur le premier e de « S'eparpilleront ».

v. 32 : absence d'accent sur le *u* d'« Ou ».

Obsession

Édition imprimée de 1923 : XXVIII, p. 64-65

v. 4 : absence d'accent sur le « A » au début du vers.

Manuscrit autographe 1 : XXVIII, p. 51-52

v. 4 : absence d'accent sur le « A » au début du vers.

v. 17 : absence de tiret entre « au » et « dedans ».
v. 28 : absence de ponctuation à la fin du vers.

Manuscrit autographe 2 : XXVIII, p. 50-51

v. 4 : absence d'accent sur le « A » au début du vers.
v. 9 : virgule à la fin du vers.
v. 14 : absence de ponctuation à la fin du vers.
v. 17 : absence de tiret entre « au » et « dedans ».
v. 19 : absence d'accent sur le e d'« emoi ».
v. 20 : point à la fin du vers.
v. 22 : point-virgule à la fin du vers.
v. 27 : absence de virgules autour de « à présent ».

Le Bouquet

Édition imprimée de 1923 : XXIX, p. 66-67

v. 2 : absence d'accent sur le « A » au début du vers.
v. 17 : Erreur de copie : « framboisiers ».

Manuscrit autographe 1 : XXIX, p. 53-54

v. 2 : absence d'accent sur le « A » au début du vers.
v. 8 : absence de ponctuation à la fin du vers.
v. 17 : « framboisier ».

Manuscrit autographe 2 : XXIX, p. 52-53

v. 2 : absence d'accent sur le « A » au début du vers.
v. 8 : virgule à la fin du vers.
v. 9 : virgule à la fin du vers.
v. 14 : point-virgule entre « main » et « pour » et absence de majuscule à « pour ».
Absence de ponctuation entre « finir » et « j'ajoute ».
v. 17 : « framboisier ».
v. 19 : absence de ponctuation à la fin du vers.
v. 28 : absence de ponctuation à la fin du vers.
v. 32 : point à la fin du vers.
v. 34 : virgule à la fin du vers.

Confidence

Édition imprimée de 1923 : XXX, p. 68-70

v. 1, 16 et 26 : absence d'accent sur le premier *e* d'« Ecoutez ».
v. 9 : absence de saut de ligne entre les deux parties du vers.

v. 17 : virgule à la fin du vers.
v. 20 : virgule à la fin du vers.
v. 22 : virgule entre « l'herbe » et « oiseaux ».
Virgule à la fin du vers.
v. 23 : virgule à la fin du vers.

Manuscrit autographe 1 : XXX, p. 55-56

v. 1, 16 et 26 : absence d'accent sur le premier e d'« Ecoutez ».
v. 9 : saut de ligne entre les deux parties du vers. *Nous adoptons cette mise en page.*
v. 10 : *Erratum* : « celle-la ».
v. 17 : point-virgule (qu'on pourrait confondre avec une virgule) à la fin du vers. *Nous adoptons cette ponctuation.*
v. 20 : virgule à la fin du vers.
v. 22 : virgule entre « l'herbe » et « oiseaux ».
Ponctuation difficilement lisible à la fin du vers : virgule ou point-virgule ?
v. 23 : virgule à la fin du vers.
v. 27 : *Erratum* : « On eut dit ».
v. 32 : ponctuation difficilement lisible à la fin du vers, probablement une virgule.

Manuscrit autographe 2 : XXX, p. 54-55

v. 1, 16 et 26 : absence d'accent sur le premier *E* d'« Ecoutez ».
Pas de saut de ligne **entre le v. 1 et le v. 2**.
v. 3 : point à la fin du vers.
v. 4 : « d'un rocher nu » biffé à la fin du vers (erreur de recopiage).
v. 7 : point-virgule entre « écoutez » et « que » et absence de majuscule à « que ».
v. 8 : absence de ponctuation à la fin du vers.
v. 9 : absence de ponctuation après « il était doux et comme ».
Absence de saut de ligne entre les deux parties du vers.
v. 12 : virgule entre « m'entend » et « il » et absence de majuscule à « il ».
Virgule entre « s'arrête » et « il » et absence de majuscule à « il ».
Point-virgule à la fin du vers.
v. 15 : virgule entre « Donc » et « ce ».
Absence de majuscules à « nature » et à « souveraine ».
v. 17 : point-virgule à la fin du vers. *Nous adoptons cette ponctuation.*
v. 19 : virgule à la fin du vers.
v. 20 : point-virgule à la fin du vers. *Nous adoptons cette ponctuation.*
v. 22 : point-virgule entre « l'herbe » et « oiseaux ». *Nous adoptons cette ponctuation.*
Point-virgule à la fin du vers. *Nous adoptons cette ponctuation.*
v. 23 : point-virgule à la fin du vers. *Nous adoptons cette ponctuation.*

v. 26 : ponctuation entre « Ecoutez » et « je » difficilement lisible : un point-virgule ou un deux-points dont l'encre a bavé ?
v. 27 : *Erratum* : « On eut dit ».
Absence de virgules autour de « à le voir ».
Absence de ponctuation à la fin du vers.
v. 28 : point-virgule à la fin du vers.
v. 32 : absence de ponctuation à la fin du vers.
v. 34 : virgule entre « échange » et « il ».
v. 35 : point à la fin du vers.
v. 36 : virgule à la fin du vers.
v. 38 : absence de points de suspension après le point d'exclamation.

Oubli

Édition imprimée de 1923 : XXXI, p. 71-72

v. 5 : point à la fin du vers.
v. 16 : point d'exclamation à la fin du vers.

Manuscrit autographe 1 : XXXI, p. 57-58

v. 5 : absence de ponctuation à la fin du vers. *Nous adoptons cette ponctuation.*
v. 13 : écrit sans saut de ligne après le v. 12 puis effacé et réécrit plus bas. Second tiret à la fin du vers.
v. 16 : le point d'interrogation ressemble fortement à un point d'exclamation (ponctuation choisie dans la version imprimée du recueil), mais il n'y a en réalité pas de doute, vu la modalité interrogative de la phrase et la forme du point d'interrogation suivant, ce qui est confirmé par le Manuscrit autographe 2.

Manuscrit autographe 2 : XXXI, p. 56

Aucun saut de ligne entre les vers.
v. 4 : absence de virgules autour de « pour vous ».
v. 5 : absence de ponctuation entre « faire » et « et ».
Absence de ponctuation à la fin du vers. *Nous adoptons cette ponctuation.*
v. 8 : virgule entre « cœur » et « du ».
v. 10 : absence de ponctuation à la fin du vers.
v. 11 : absence de ponctuation à la fin du vers.
v. 13 : second tiret à la fin du vers.
v. 16 : le point d'interrogation est clairement formé à la fin du vers.
v. 17 : virgule entre « mer » et « je ».
v. 18 : Variante : « Mais *d'où vient* ce baiser que je sens sur ma bouche ? ». *Variante mentionnée en note infrapaginale.*

Absence de points de suspension après le point d'interrogation à la fin du vers.
v. 20 : points de suspension à la fin du vers.
v. 23 : points de suspension après le point d'interrogation à la fin du vers.
v. 24 : virgule entre « amour » et « inoubliable ».
Absence de points de suspension après le point d'exclamation à la fin du vers.

Les Mains

Édition imprimée de 1923 : XXXII, p. 73-74
v. 16 : absence d'accent sur le « O » au début du vers.

Manuscrit autographe 1 : XXXII, p. 59
v. 12 : virgule (ou point dont l'encre a bavé ?) à la fin du vers.
v. 14 : absence d'accent sur le *i* d'« apparait ».
v. 16 : absence d'accent sur le « O » au début du vers.

Manuscrit autographe 2 : XXXII, p. 57
v. 7 : virgules autour de « à la fois fine et grasse ».
v. 10 : absence de tiret au début du vers.
Point (et absence de tiret) à la fin du vers.
v. 14 : absence d'accent sur le *i* d'« apparait ».
Virgule à la fin du vers.
v. 16 : absence d'accent sur le « O » au début du vers.
Point à la fin du vers.

La Torche

Nous supprimons, au **v. 34**, la virgule qui se trouve entre « mort » et « à », présente dans les trois versions du texte.

Édition imprimée de 1923 : XXXIII, p. 75-76
v. 14 : absence de ponctuation à la fin du vers.

Manuscrit autographe 1 : XXXIII, p. 60-61
v. 1 : absence de virgules autour de « mon corps ».
v. 5 : absence de virgules autour de « mes yeux ».
v. 6 : absence d'accent sur le premier e d'« emerveillement ».
Absence d'accent sur le premier *i* de « trainait ».
v. 9 : absence de virgules autour de « mes bras ».
v. 11 : absence de virgules autour de « mes doigts experts ».
v. 13 : absence de virgules autour de « mon front ».

v. 14 : absence d'accent sur le *i* d'« enchainée ».
Virgule à la fin du vers.
v. 16 : *Erratum* : « fânée ».
v. 17 : absence de virgules autour de « mon cœur ».
v. 21 : absence de virgules autour de « ma chair ».
v. 36 : grand trait horizontal (et absence de point) à la fin du vers.

Manuscrit autographe 2 : XXXV, p. 61-62

v. 1 : absence de virgules autour de « mon corps ».
v. 5 : absence de virgules autour de « mes yeux ».
v. 9 : absence de virgules autour de « mes bras ».
v. 11 : absence de virgules autour de « mes doigts experts ».
v. 13 : absence de virgules autour de « mon front ».
v. 14 : point à la fin du vers. *Nous adoptons cette ponctuation.*
v. 17 : absence de virgules autour de « mon cœur ».
v. 18 : absence de ponctuation à la fin du vers.
v. 20 : point à la fin du vers.
v. 21 : absence de virgules autour de « ma chair ».
v. 25 : virgule à la fin du vers.

AMOUR POSTHUME

Édition imprimée de 1923 : XXXIV, p. 77-78

v. 4, 6 et 8 : absence d'accent sur le « A » au début du vers.
v. 16 : point entre « cesse » et « Elle ».
v. 17 : Erreur de copie : la préposition « à » a été oubliée.
v. 22 : « fièvre » est au singulier.

Manuscrit autographe 1 : XXXIV, p. 62-63

v. 3 : absence de ponctuation entre « parfaite » et « mais ».
v. 4, 6 et 8 : absence d'accent sur le « A » au début du vers.
v. 16 : points de suspension entre « cesse » et « Elle ». *Nous adoptons cette ponctuation.*
v. 22 : une hésitation est possible du fait de la graphie mais la rime (« lèvres ») et le Manuscrit autographe 2 confirment qu'il faut lire « fièvres » au pluriel. *Nous adoptons cette forme.*

Manuscrit autographe 2 : XXXIII, p. 58-59

v. 3 : absence de ponctuation entre « parfaite » et « mais ».
v. 4, 6 et 8 : absence d'accent sur le « A » au début du vers.
v. 4 : point-virgule à la fin du vers.
v. 7 : point-virgule à la fin du vers.
v. 10 : point à la fin du vers.
v. 12 : point à la fin du vers.

v. 15 : absence de ponctuation entre « cœurs » et « elle ».
v. 16 : point entre « cesse » et « Elle ».
v. 22 : absence de tiret demi-cadratin à la fin du vers.
On lit bel et bien « fièvres ». *Nous adoptons cette forme.*
v. 24 : point à la fin du vers.

Offrande

Édition imprimée de 1923 : XXXV, p. 79

Manuscrit autographe 1 : XXXV, p. 64

Manuscrit autographe 2 : XXXIV, p. 60
v. 2 : Variante : « Dans le néant ou *bien vers quelque aube* nouvelle, ». *Variante mentionnée en note infrapaginale.*
v. 5 : Variante : « Si je ne peux lever le voile *défendu,* ». *Variante mentionnée en note infrapaginale.*
v. 7 : Variante : « Je peux du moins forcer, *près du* seuil défendu, ». *Variante mentionnée en note infrapaginale.*
v. 8 : point à la fin du vers.
v. 11 : virgule à la fin du vers.
v. 13 : absence de ponctuation à la fin du vers.
v. 14 : point à la fin du vers.

Résurrection

Pour indiquer plus clairement le discours direct, nous avons ajouté des guillemets aux **v. 1, 2, 25 et 28**, étant donné qu'ils sont absents des trois versions du texte, et nous avons donc supprimé les tirets, qui ne sont d'ailleurs pas toujours présents ; aux **v. 13 et 16**, les guillemets sont absents seulement du Manuscrit autographe 2.

Édition imprimée de 1923 : XXXVI, p. 80-81
v. 2 : point-virgule entre « viens » et « et ».
Absence de ponctuation entre « toi » et « demeure ».
v. 5 : absence de ponctuation entre « méthode » et « elle ».
v. 7 : *Erratum* : « leur ».
v. 10 : absence d'accent sur le premier e d'« Evidé ».
v. 14 : absence d'accent sur le « A » au début du vers.
v. 16 : absence de points de suspension après le point d'interrogation à la fin du vers.
v. 27 : virgule à la fin du vers.

Manuscrit autographe 1 : XXXVI, p. 65-66

v. 2 : ponctuation peu claire entre « viens » et « et » – sans doute une virgule, ce que confirme le Manuscrit autographe 2. *Nous adoptons cette ponctuation.*
Virgule entre « toi » et « demeure ». *Nous adoptons cette ponctuation.*
v. 3 : absence de ponctuation à la fin du vers.
v. 7 : *Erratum* : « leur ».
v. 10 : absence d'accent sur le premier e d'« Evidé ».
v. 14 : absence d'accent sur le « A » au début du vers.
v. 16 : points de suspension après le point d'interrogation à la fin du vers. *Nous adoptons cette ponctuation.*
v. 18 : virgule entre « toile » et « un ».
v. 21 : fin du vers illisible.
v. 23 : absence de ponctuation entre « brillé » et « ses » et entre « sonné » et « sa ».
v. 27 : virgules autour de « par mon amour et par ma volonté ».

Manuscrit autographe 2 : XXXVI, p. 63-64

v. 2 : virgule entre « viens » et « et ». *Nous adoptons cette ponctuation.*
Virgule entre « toi » et « demeure ». *Nous adoptons cette ponctuation.*
Point d'exclamation à la fin du vers. *Nous ajoutons cette ponctuation avant le tiret cadratin.*
v. 5 : virgule à la fin du vers.
v. 6 : point-virgule à la fin du vers.
v. 9 : absence de ponctuation entre « cesse » et « enfin ».
v. 10 : absence d'accent sur le premier *E* d'« Evidé ».
Virgule à la fin du vers.
v. 11 : virgules autour de « de ce qui me fut cher ».
v. 12 : point à la fin du vers.
v. 13 : absence de deux-points entre « alors » et « Regarde ».
v. 14 : absence d'accent sur le « A » au début du vers.
v. 15 : point à la fin du vers.
v. 16 : absence de points de suspension après le point d'interrogation à la fin du vers.
v. 18 : virgule entre « toile » et « un ».
v. 19 : virgule à la fin du vers.
v. 21 : Variante : « *Parmi* les plus doux mots j'ai fait encore un choix ». *Variante mentionnée en note infrapaginale.*
v. 22 : point à la fin du vers.
v. 23 : point-virgule entre « yeux » et « elle ».
Point-virgule à la fin du vers.
v. 27 : absence de virgules autour de « par mon amour et par ma volonté ». *Nous adoptons cette ponctuation.*

La Mémoire

« Axel » de Missie Nizal dans *Le Flambeau* du 30 juin 1921 : cinquième poème, p. 255-256

L'ensemble du poème est en italique.

v. 2 : virgule à la fin du vers.
v. 6 : point-virgule à la fin du vers.
v. 7 : deux-points à la fin du vers.
v. 12 : point-virgule à la fin du vers.
v. 14 : virgule à la fin du vers.
v. 19 : Variante : « *Et* j'ai muré mon âme, afin qu'il soit moins seul, ». *Variante mentionnée en note infrapaginale.*
Virgules autour de « afin qu'il soit moins seul ».
v. 21 : point-virgule à la fin du vers.
v. 24 : points à la fin du vers.

Le poème est daté de 1921.

Édition imprimée de 1923 : XXXVII, p. 82-83

Manuscrit autographe 1 : XXXVII, p. 67-68

Titre : absence d'accent sur le premier e de « Memoire ».
v. 21 : ponctuation difficilement lisible à la fin du vers, probablement un point.
v. 23 : *Erratum* : « l'oublia-t-il ».
v. 24 : ponctuation difficilement lisible à la fin du vers : point ou points de suspension ?
v. 28 : tiret cadratin (et absence de point) à la fin du vers.

Manuscrit autographe 2 : XXXVII, p. 65-66

v. 7 : point à la fin du vers.
v. 11 : point à la fin du vers.
v. 14 : point à la fin du vers.
v. 18 : virgule à la fin du vers.
v. 19 : Variante : « *Et* j'ai muré mon âme afin qu'il soit moins seul ». *Variante mentionnée en note infrapaginale.*
v. 20 : Variante : « Dans *le* définitif silence où tout retombe… ». *Variante mentionnée en note infrapaginale.*
Point à la fin du vers.
v. 22 : point à la fin du vers.
v. 23 : *Erratum* : « l'oublia-t-il ».
v. 24 : point à la fin du vers.
v. 28 : point à la fin du vers.

ADIEU

Édition imprimée de 1923 : XXXVIII, p. 84

v. 1 : Erreur de copie : « Je ne *veux* pas ».
v. 3 : *Erratum* : « cœnr ».
v. 9 : absence de ponctuation entre « Mais » et « tout ».

Manuscrit autographe 1 : XXXVIII, p. 69

v. 1 : « Je ne *peux* pas ».
v. 9 : virgule entre « Mais » et « tout ». *Nous adoptons cette ponctuation.*

Manuscrit autographe 2 : XXXVIII, p. 67

v. 1 : « Je ne *peux* pas ».
v. 2 : point à la fin du vers.
v. 3 : absence de virgules autour de « dans mon cœur endormi ».
v. 5 : virgule entre « vainement » et « et » et absence de majuscule à « et ».
v. 9 : virgule entre « Mais » et « tout ». *Nous adoptons cette ponctuation.*

TROIS ÉTAPES

Les trois poèmes sont mis à la suite dans l'édition imprimée ; dans les versions manuscrites, chaque poème commence au haut d'une nouvelle page.

Édition imprimée de 1923 : XXXIX, p. 85-88

Manuscrit autographe 1 : XXXIX, p. 70-73

Titre : « Trois Etapes ». Le poème n'est pas numéroté.

Manuscrit autographe 2 : XXXIX, p. 68-71

Titre : « Trois étapes » mis entre parenthèses. Le poème est numéroté.

I. – IMPRESSION

Édition imprimée de 1923, p. 85-86

v. 15 : absence d'accent sur le « O » au début du vers.

Manuscrit autographe 1, p. 70

v. 15 : absence d'accent sur le « O » au début du vers.

Manuscrit autographe 2, p. 68

v. 4 : absence de ponctuation entre « que » et « là-bas ».
v. 6 : *L* majuscule collé à gauche (erreur de décalage du vers) et non biffé.
v. 12 : point à la fin du vers.
v. 15 : absence d'accent sur le « O » au début du vers.
Point d'exclamation entre « Christ » et « pour ».
v. 16 : majuscule à « Soirs ».

II. – À Celui de Nazareth

Édition imprimée de 1923, p. 86-87

Titre : absence d'accent sur le « A » initial.
v. 14 : absence de majuscule à « crèche ».
v. 19 : absence de majuscule à « saints ».
Absence de ponctuation à la fin du vers.
v. 20 : Erreur de copie : « Sous ».
v. 29 : absence d'accent sur le « O » au début du vers.
v. 32 : absence de ponctuation entre « Où » et « dans ».
v. 36 : absence de majuscule à « chrétiens ».

Manuscrit autographe 1, p. 71-72

Titre : absence d'accent sur le « A » initial.
v. 12 : absence d'accent sur le e de « Jesus ».
v. 14 : majuscules à « Enfant » et à « Crèche ». *Nous adoptons cette seconde forme.*
v. 15 : point-virgule (?) à la fin du vers.
v. 19 : majuscule à « Saints ». *Nous adoptons cette forme.*
Virgule à la fin du vers. *Nous adoptons cette ponctuation.*
v. 20 : « Sans ».
v. 21 : absence de ponctuation à la fin du vers.
v. 29 : absence d'accent sur le « O » au début du vers.
Absence d'accent sur le premier e d'« Eglise ».
v. 32 : virgule entre « Où » et « dans ». *Nous adoptons cette ponctuation.*
v. 36 : majuscule à « Chrétiens ». *Nous adoptons cette forme.*

Manuscrit autographe 2, p. 69-70

Titre : absence d'accent sur le « A » initial.
v. 3 : virgule à la fin du vers.
v. 4 : absence de virgules autour de « n'ayant rien ».
v. 8 : point-virgule à la fin du vers.
v. 14 : majuscule à « Crèche ». *Nous adoptons cette forme.*
v. 19 : majuscule à « Saints ». *Nous adoptons cette forme.*
Virgule à la fin du vers. *Nous adoptons cette ponctuation.*
v. 20 : « Sans ».

v. 23 : Variante : « Je *bâtirai* pour vous, dans mon cœur reconquis, ». *Variante mentionnée en note infrapaginale.*
v. 25 : point-virgule à la fin du vers.
v. 27 : point-virgule à la fin du vers.
v. 29 : absence d'accent sur le « O » au début du vers.
Virgule entre « Christ » et « au ».
Absence d'accent sur le premier e d'« Eglise ».
v. 30 : point à la fin du vers.
v. 32 : virgule entre « Où » et « dans ». *Nous adoptons cette ponctuation.*
v. 34 : Variante : « *Se courbe* à vos autels en transgressant vos lois, ». *Variante mentionnée en note infrapaginale.*
v. 36 : majuscule à « Chrétiens ». *Nous adoptons cette forme.*
Sous le mot « Chrétiens », on peut lire la mention « marchands ? » écrit au crayon violet, de toute évidence par les éditeurs du texte qui s'interrogeaient sur le sens de ce vers.
Point à la fin du vers.

III. – La Prière de Missie

Édition imprimée de 1923, p. 88

v. 15 : absence de ponctuation à la fin du vers.
v. 17 : absence d'accent sur le premier e d'« Eternité ».
Virgule à la fin du vers.

Manuscrit autographe 1, p. 73

v. 10 : absence de ponctuation à la fin du vers.
v. 15 : absence de ponctuation à la fin du vers.
v. 17 : majuscule à « Amour » ?
Absence d'accent sur le premier e d'« Eternité ».
Virgule à la fin du vers.

Manuscrit autographe 2, p. 71

Titre : absence de majuscule à « prière ».
v. 9 : absence de tiret entre « Mesurez » et « moi ».
v. 10 : absence de ponctuation à la fin du vers.
v. 12 : point à la fin du vers.
v. 15 : virgule à la fin du vers. *Nous adoptons cette ponctuation.*
v. 16 : absence de ponctuation entre « promis » et « en ».
v. 17 : majuscule à « Amour » ?
Absence de majuscule à « éternité ».
Absence de ponctuation à la fin du vers. *Nous adoptons cette ponctuation.*
v. 18 : grand trait de trois carreaux (et absence de point) à la fin du vers.

L'Insomnie

Édition imprimée de 1923 : XL, p. 89-92

Dans la table des poèmes, le **titre** est noté sous la forme « Insomnie ».

Pour davantage de clarté, nous avons supprimé les tirets cadratins présents aux **v. 58 et 64** et rajouté un guillemet ouvrant et un guillemet fermant autour de chacun de ces deux vers.

À l'**avant-dernier vers**, on trouve l'ancienne orthographe de « trève ».

D'après Georges Rency, ce poème a été retrouvé sur le lit de mort de Marie Nizet. Cécile Gilson s'est probablement chargée de le faire publier avec le reste des poèmes de *Pour Axel* en le transmettant à Rency, qui travaillait pour les Éditions de la Vie intellectuelle. Il est daté du 9 janvier 1922 dans l'édition imprimée. Faut-il en conclure que le poème était lui-même ainsi daté mais qu'il a été retravaillé par la poétesse jusqu'à ses derniers instants (elle décéda le 10 mai de cette année-là) ?

A Monsieur Alphonse Leroy,
Professeur à l'Université de Liège.
Hommage de l'auteur
Marie Nizet
Le 17 octobre 1878.

ROMÂNIA

Reproduction de l'avant-titre d'un exemplaire de *Romània* (1878) conservé à la Bibliothèque de l'Université de Liège (cote XVIII.51.16, accessible sur DONum) présentant une dédicace à Alphonse Le Roy (1822-1896) et la signature de Marie Nizet.

La Bibliothèque poétique des femmes

En terre de Poésie, les femmes ne sont pas seulement amantes, épouses, mères, filles, sœurs ou Muses : elles se sont également saisies de la plume et s'en sont servies pour se frayer un chemin dans les bruissements du langage. La « Bibliothèque poétique des femmes » a pour ambition de rendre à nouveau accessibles, dans une édition moderne disponible en librairie, des recueils de poétesses appartenant à notre passé littéraire, qui n'attendent que d'être éditées, lues et étudiées pour faire partie de notre présent. Il s'agit avant tout d'offrir au grand public le plaisir de lire ces poétesses, de cheminer à leurs côtés, de (re)découvrir leur contribution à l'histoire littéraire.

Chaque volume se veut une porte d'entrée vers un ailleurs trop longtemps oublié, mis à l'écart, voire déprécié. Les éditions que nous proposons sont réalisées avec tout le soin nécessaire pour faciliter une pleine compréhension des textes : c'est pourquoi une introduction nourrie, biographique et littéraire, un ensemble de notes explicatives et une bibliographie sélective les accompagnent. Nous privilégions délibérément les autrices et les recueils qui n'ont pas encore trouvé leur place dans le paysage éditorial d'aujourd'hui et nous nous intéressons principalement, pour le moment du moins, à des auteures françaises ou francophones des XIXe et XXe siècles.

Nous savons l'intérêt des anthologies et nous les estimons fort : cependant, nous souhaitons résolument proposer aux lectrices et lecteurs des recueils complets. On ne peut en effet apprécier à sa juste valeur le travail de ces femmes de lettres qu'en les lisant au sein d'un *espace à elles*, ordonné et réfléchi, et en ne se contentant pas de morceaux choisis, aussi charmants soient-ils.

Force est de constater que la poésie se vend peu. Tant mieux : c'est qu'elle n'a pas de prix ! Être femme et poète, c'est donc un double fardeau mais aussi une double chance : c'est être doublement mise au ban mais faire entendre une parole doublement essentielle. Quelques noms ont réussi à obtenir une place au sein du panthéon poétique : Marie de France, Christine de Pizan, Marguerite de Navarre, Louise Labé, Marceline Desbordes-Valmore, Anna de Noailles, Renée Vivien, Cécile Sauvage, Andrée Chedid… Mais ce ne sont là que les arbres, certes ô combien magnifiques, qui cachent de vastes forêts. En vérité, il ne faut pas chercher bien loin pour trouver des poétesses par dizaines et pour mettre au jour un supposé désert finalement bien peuplé, des trobairitz médiévales aux poétesses contemporaines, de la France au Québec, en passant par tous les pays de l'Afrique francophone, par la Belgique, les Caraïbes, le Luxembourg… Sans oublier toutes les autres langues, tous les autres horizons !

La poésie, fille de la mémoire, vit d'être imprimée, lue, formulée comme un enchantement enchanteur. Car poétesse rime avec richesse, liesse ou tristesse, promesse et prouesse, avec ivresse, avec jeunesse, avec tendresse, avec hardiesse… Il est donc vital d'écrire noir sur blanc les noms des poétesses, de les répéter *ad libi-*

tum, tel un mantra, et, surtout, de faire vivre leurs œuvres et de connaître leurs vies singulières.

La poésie de ces éminentes poètes est une poésie hautement chamarrée, mouvante, vivante, vibrante. Or face aux écrits des femmes poètes, il est tout aussi essentiel d'affirmer leur appartenance à l'universel de la République des Lettres que de s'intéresser à la spécificité des écrivaines. Les beaux vers n'ont assurément ni sexe ni genre, mais leur origine importe toutefois. Étudier ces artistes, c'est donc aussi poser une question fondamentale, celle d'une *écriture féminine*. Qu'est-ce qu'écrire lorsqu'on est une femme ? Et qu'est-ce qu'être une femme qui écrit ?

Notre projet est une étincelle dans laquelle nous mettons toutes nos espérances. Nous souhaitons qu'il amène d'autres personnes à partager notre amour de l'azur poétique et à prolonger la grande quête de sens de ces femmes qui riment, écrivent, pensent, ressentent, animent et inspirent. Faisons de la place à ces femmes libres, engagées, amoureuses, blessées, insolentes, talentueuses, combatives, uniques, puissantes, imaginatives, à ces mères de famille, à ces lesbiennes, à ces amantes, à ces penseuses, à ces rêveuses, à ces créatrices ! Bref, illustrons-les, défendons-les et explorons leurs univers poétiques !

Marie Nizet et son sublime tombeau poétique viennent enrichir notre grand voyage poétique, commencé avec les *Rayons perdus* (1868) de Louisa Siefert (1845-1877) et les *Nouvelles poésies* (1861) de Malvina Blanchecotte (1830-1897) : ce volume est en effet le troisième de ce que nous espérons être une très longue série.

Plusieurs autres rééditions de recueils, parmi la multitude qui s'offre à nous, sont en cours de préparation : *Les Pipeaux* (1889) de Rosemonde Gérard (1866-1953) ; *Ferveur* (1902) de Lucie Delarue-Mardrus (1874-1945) ; *Les Appels* (1906) de Claudine Funck-Brentano (1863-1922) ; et les *Poèmes de la boule de verre* (1917), avec les *Nouveaux poèmes de la boule de verre* (1918), de Marguerite Burnat-Provins (1872-1952).

Puissent maintes autres les rejoindre sur les étagères de notre Bibliothèque !

Laure MARIN-PACHE,
Éléonore RAMBAUD,
Anne TANNHOF,
Adrien BRESSON,
Alexandre DAUDON,
Raphaël LUCCHINI
et Jérémie PINGUET

mai 2023

BIBLIOGRAPHIE SUR LA POÉSIE DES FEMMES

Les ouvrages suivants ne constituent qu'une orientation bibliographique : elle regroupe majoritairement des anthologies et des études relatives à la poésie de femmes écrivant en langue française, sans toutefois s'y restreindre. À nos yeux, les meilleures lectures restent les œuvres mêmes des poétesses et des autrices du monde entier. Les références précédées d'un astérisque se trouvent gratuitement en ligne.

Depuis bien des années, les initiatives, les publications, les recherches et les sites se multiplient autour des questions portant sur la littérature des femmes : nous ne pouvons que vous conseiller de vous intéresser à ces inestimables ressources, telles que le *Dictionnaire universel des créatrices*, la collection « Les Œuvres du matrimoine » des éditions J'ai lu, le superbe livre illustré de Diglee, le site *VisiAutrices*, la Société Internationale pour l'Étude des Femmes de l'Ancien Régime (SIEFAR), et tant d'autres !

*ALQUIÉ DE RIEUPEYROUX Marie-Louise, dite Louise D'ALQ (éd.), *Anthologie féminine. Anthologie des femmes écrivains, poètes et prosateurs, depuis l'origine de la langue française jusqu'à nos jours*, Paris, Bureaux des Causeries familières, 1893.

ANDRIOT-SAILLANT Caroline et GODI-TKATCHOUK Patricia (éds), *Voi(es)x de l'autre. Poètes femmes. XIXe-XXIe siècles,*

Clermont-Ferrand, Presses universitaires Blaise Pascal, « Littératures », 2010.

ASSIBA D'ALMEIDA Irène (éd.) et MAYES Janis Alene (trad.), *A Rain of Words : A Bilingual Anthology of Women's Poetry in Francophone Africa*, Charlottesville, University of Virginia Press, 2009.

AUBREY Elizabeth, DOSS-QUINBY Eglal, TASKER GRIMBERT Joan et PFEFFER Wendy (éds), *Songs of the Women Trouvères*, New Haven, Yale University Press, 2001.

BARNSTONE Aliki et Willis (éds), *A Book of Women Poets from Antiquity to Now*, New York, Schoken Books, 1980.

BAZIÉ Isaac et NAUDILLON Françoise, *Femmes en franco-phonies. Écritures et lectures du féminin dans les littératures francophones*, Montréal, Mémoire d'encrier, « Essai », 2013.

BÉALU Marcel (éd.), *Anthologie de la poésie féminine de 1900 à nos jours*, Paris, Librarie Stock – Delamain et Boutelleau, 1953.

BÉARN Pierre, *L'Érotisme dans la poésie féminine. Des origines à nos jours*, Paris, Pauvert, Au terrain vague, 1993.

BEC Pierre, *Chants d'amour des femmes-troubadours*, Paris, Stock, 1995.

BEDESCHI Andrea, GOSETTI Valentina et MARCHETTI Adriano (éds et trad.), *Donne. Poeti di Francia e oltre dal Romanticismo a oggi*, Rome, Giuliano Ladolfi, 2017.

BELL Vanessa et CORMIER-LAROSE Catherine (éds), *Anthologie de la poésie actuelle des femmes au Québec. 2000 | 2020*, Montréal, Le Remue-ménage, 2021.

BERGER Lya, *Les Femmes poètes de la Belgique. La vie littéraire et sociale des femmes belges*, Paris, Perrin et Cie, 1925.

BERTRAND Claudine et LATOUR Patricia (éds), *Êtres Femmes. Poèmes de femmes du Québec et de France*, Pantin – Trois-Rivières, Le Temps des cerises – Écrits des forges, 1999.

BISHOP Michael (éd.) *Women's Poetry in France 1965-1995. A Bilingual Anthology*, Winston-Salem, Wake Forest University Press, 1997.

—, *Contemporary French Women Poets*, Amsterdam – Atlanta, Rodopi, « Chiasma », nos 2-3, 2 vol., 1995.

BLANC Liliane, *Une histoire des créatrices. L'Antiquité, le Moyen Âge, la Renaissance*, Montréal, Sisyphe, 1991.

*BLANVALET Henri (éd.), *Femmes-Poëtes de la France. Anthologie*, Genève, J. Kessmann, 1856.

BOURJEA Serge (dir.), *Francophonies du proche. Les poésies d'expression française en Suisse et en Belgique aujourd'hui*, Paris, L'Harmattan, « Études transnationales, francophones et comparées », 2013.

BRÉCOURT-VILLARS Claudine (éd.), *Écrire d'amour. Anthologie de textes érotiques féminins (1799-1984)*, Paris, Ramsay, 1985.

BROSSARD Nicole et GIROUARD Lisette (éds), *Anthologie de la poésie des femmes au Québec. Des origines à nos jours*, Montréal, Le Remue-ménage, « Connivences », [1992] 2003.

BRUNET Sylvie, *La Petite Anthologie des poétesses françaises*, Paris, First, 2021.

*BUSONI Philippe (éd.), *Chefs-d'œuvre poétiques des dames françaises depuis le treizième siècle jusqu'au dix-neuvième*, Paris, Paulin, 1841.

CALLE-GRUBER Mireille, DIDIER Béatrice et FOUQUE Antoinette (dir.), *Le Dictionnaire universel des créatrices*, Paris, *des femmes* – Antoinette Fouque, 3 vol., 2013[1].

CASTLE Terry (éd.) *The Literature of Lesbianism: A Historical Anthology from Ariosto to Stonewall*, New York, Columbia University Press, 2003.

CHANDERNAGOR Françoise (éd.), *Quand les femmes parlent d'amour. Une anthologie de la poésie féminine*, Paris, Le

[1] Également disponible en ligne : https://www.dictionnaire-creatrices.com

Cherche Midi, 2016. Réédition en livre de poche : Paris, Points, « Poésie », 2018.

COCHRAN Judy et LINKHORN Renée (éds), *Belgian Women Poets: An Anthology*, New York, Peter Lang, « Belgian Francophone Library », vol. 11, 2000.

COLLECTIF, *Lettres aux jeunes poétesses*, Aurélie OLIVIER (préf.) Paris, L'Arche, « Des écrits pour la parole », 2021.

—, *Couleurs femmes. Poèmes de 57 femmes*, Marie-Claire BANCQUART (préf.), Bègles – Paris, Le Castor astral – Le Nouvel Athanor, 2010.

COTTENET-HAGE Madeleine et MAKWARD Christiane P., *Dictionnaire littéraire des femmes de langue française. De Marie de France à Marie NDiaye*, Paris, Karthala, 1996.

DEFORGES Régine (éd.), *Poèmes de femmes*, Paris, Le Cherche Midi, « Espaces », [1993] 2009.

DELUY Henri et GIRAUDON Liliane (éds), *Poésies en France depuis 1960. 29 femmes. Une anthologie*, Paris, Stock, « Versus », 1994.

DIGLEE (WINGROVE Maureen), *Je serai le feu*, Montreuil, La ville brûle, 2021, avec des traductions de Clémentine BEAUVAIS.

DORET Michel R., *Panorama de la poésie féminine suisse romande*, Ornex-Maconnex, Chez l'Auteur, 1988.

—, *Poétesses genevoises francophones (1970-1980)*, Genève, Aquarius, [1983] 1987.

DOUCEY Bruno (éd.), *Terre de femmes. 150 ans de poésie féminine en Haïti*, Paris, Bruno Doucey, « Tissages », 2010.

DUSSERT Éric, *Cachées par la forêt. 138 femmes de lettres oubliées*, Cécile GUILBERT (préf.), Paris, La Table Ronde, 2018.

*FEUGÈRE Léon, *Les Femmes poëtes au XVIe siècle*, Paris, Didier et Cie, nouvelle éd., 1860.

FINCH Alison, *Women's Writing in Nineteenth-Century France*, Cambridge, Cambridge University Press, « Cambridge Studies in French », n° 65, 2000.

*GOURMONT Jean de, *Muses d'aujourd'hui. Essai de physiologie poétique*, Paris, Mercure de France, 1910.

GREENBERG Wendy Nicholas, *Uncanonical Women. Feminine Voice in French Poetry (1830-1871)*, Amsterdam, Rodopi, « Chiasma », n° 9, 1999.

HOUSSIN Monique et MARSAULT-LOI Élisabeth (éds), *Écrits de femmes en prose et en poésie de l'antiquité à nos jours*, Paris, Messidor, 1986.

IZQUIERDO Patricia, *Devenir poétesse à la Belle Époque. Étude littéraire, historique et sociologique*, Paris, L'Harmattan, « Espaces littéraires », 2009.

LAÏFAOUI Christiane et ROSSIGNOL Jean-Claude (éds), *Tisser les mots contre la nuit. Anthologie. 29 voix de femmes à travers la poésie contemporaine de langue française*, Claire KHÄHENBÜHL et Denise MUTZENBERG (préf.), Paris – Montréal – Turin, L'Harmattan, 2000.

LE DANTEC Yves-Gérard (éd.), *La Guirlande des Muses françaises de Marceline Valmore à Marie Noël*, Paris, Émile-Paul, 1948.

MISTACCO Vicki (éd.), *Les Femmes et la tradition littéraire. Anthologie du Moyen Âge à nos jours*, New Haven, Yale University Press, 2 vol., 2006-2007.

MOULIN Jeanine (éd.), *La Poésie féminine*, Paris, Seghers, « Melior », 2 vol., 1963-1966.

—, *Huit siècles de poésie féminine. Anthologie (1170-1975)*, Paris, Seghers, [1975] 1981.

NAMUR Yves et WOUTERS Liliane, *Le Siècle des femmes. Poésie francophone en Belgique et au Grand-Duché de Luxembourg (XXe siècle)*, Bruxelles, Les Éperonniers, « Passé présent », 2000.

PADEN William D., *The Voice of the Trobairitz: Perspectives on the Women Troubadours*, Philadelphie, University of Pennsylvania Press, « Middle Ages Series », 1989.

PALIYENKO Adrianna M., *Genius Envy: Women Shaping French Poetic History (1801-1900)*, University Park, The Pennsylvania State University Press, 2016. Traduit de l'anglais par Nicole G. ALBERT : *Envie de génie. La contribution des femmes à l'histoire de la poésie française*

(XIXe siècle), Mont-Saint-Aignan, Presses universitaires de Rouen et du Havre, « Genre à lire… et à penser », 2020.

PERROT Michelle, *Les Femmes ou les silences de l'histoire*, Paris, Flammarion, 1998. Réédition en livre de poche : Paris, Flammarion, « Champs Histoire », 2020.

PLANTÉ Christine (dir.), *Femmes poètes du XIXe siècle. Une anthologie*, Lyon, Presses universitaires de Lyon, [1998] 2010.

*— (dir.), *Masculin / Féminin dans la poésie et les poétiques du XIXe siècle*, Lyon, Presses universitaires de Lyon, « Littérature et idéologies », 2002.

POSLANIEC Christian (éd.), *Duos d'amour. Anthologie des plus beaux poèmes amoureux*, Bruno DOUCEY et Jean-Pierre SIMÉON (préf.), Paris, Seghers, 2007.

PRIN-CONTI Wendy (dir.) *Femmes poètes de la Belle Époque : heurs et malheurs d'un héritage*, Paris, Honoré Champion, « Littérature et genre », n° 8, 2019.

QUATREBARBES Marie de (éd.), *Madame tout le monde*, Saint-Pierre (La Réunion), Le Corridor bleu, « S!NG », 2021.

RÉGNIER-BOHLER Danielle (dir.), *Voix de femmes au Moyen Âge. Savoir, mystique, poésie, amour, sorcellerie. XIIe-XVe siècle*, Paris, Robert Laffont, 2006.

REID Martine (dir.), *Femmes et littérature. Une histoire culturelle*, Paris, Gallimard, « Folio Essais », 2 vol., 2020.

RILKE Rainer Maria, *Lettres à une jeune poétesse. Correspondance avec Anita Forrer (1920-1926)*, Magda KERENYI (préf.), Alexandre PATEAU et Jeanne WAGNER (trad.), Paris, Bouquins, 2021 ; rééd. en poche, Paris, Pocket, 2022.

SARTORI Eva Martin (dir.), *The Feminist Encyclopedia of French Literature*, Westport – Londres, Greenwood Press, 1999.

SCHULTZ Gretchen (éd.) et ATIK Anne (trad.), *An Anthology of Nineteenth-Century Women's Poetry from France*, New York, The Modern Language Association of America, 2008.

*SÉCHÉ Alphonse (éd.), *Les Muses françaises. Anthologie des femmes-poètes (1200 à 1891)*, Paris, Louis Michaud, 2 vol., 1908-1909.

SHAPIRO Norman R. (éd.) *et alii, French Women Poets of Nine Centuries: The Distaff & the Pen*, Rosanna WARREN (préf.), Baltimore, Johns Hopkins University Press, 2008.

*SIEFAR (Société internationale pour l'étude des femmes de l'Ancien Régime), *Dictionnaire des femmes de l'ancienne France*, 2002-.
En ligne : http://siefar.org/dictionnaire/fr/Accueil.

SORRELL Martin (éd. et trad.), *Elles: A Bilingual Anthology of Modern French Poetry by Women*, Jacqueline CHÉNIEUX-GENDRON (postf.), Exeter, University of Exeter Press, 1995.

STANTON Domna C. (éd.), *The Defiant Muse: French Feminist Poems from the Middle Ages to the Present. A Bilingual Anthology*, New York, Feminist Press at The City University of New York, 1986.

STEPHENS Sonya (dir.), *A History of Women's Writing in France*, Cambridge, Cambridge University Press, 2000.

STEVENSON Jane, *Women Latin Poets: Language, Gender, & Authority from Antiquity to the Eighteenth Century*, Oxford, Oxford University Press, 2005.

STOUT John Cameron, *L'Énigme-poésie. Entretiens avec 21 poètes françaises*, Amsterdam, Rodopi, « Chiasma », n° 27, 2010.

VÉRAN Jules, *Les Poétesses provençales du Moyen Âge et de nos jours*, Marcel JEANJEAN (illustr.), Paris, Aristide Quillet, 1946.

WILWERTH Evelyne, *Visages de la littérature féminine*, Bruxelles, Pierre Mardaga, « Psychologie et sciences humaines », 1987.

REMERCIEMENTS

Nos remerciements les plus chaleureux vont tout d'abord à notre très chère amie et ancienne professeuse Christine VULLIARD, infatigable (re)lectrice, qui nous a apporté tout son soutien depuis le début du projet.

Maëlle DE BROUWER a partagé avec nous son expertise sur Marie Mercier-Nizet et Luc ANDRIES nous a permis, grâce à son travail d'une impressionnante minutie qui force l'admiration, d'avoir accès à des informations essentielles sur la vie de cette éminente femme de lettres belge et sur son entourage : qu'ils en soient infiniment remerciés ! Il en va de même à l'égard des personnes travaillant dans les services administratifs belges et français que nous avons sollicités, à l'ACADEMIA ROMÂNĂ de Bucarest ou encore aux ARCHIVES ET MUSÉE DE LA LITTÉRATURE de Bruxelles – notamment Kosta SISKAKIS et Laurence BOUDART, directrice de l'établissement – qui ont très aimablement mis à notre disposition différents documents, dont des lettres de l'autrice ainsi que les deux cahiers manuscrits contenant les poèmes de *Pour Axel* : ce fut une joie profonde, que nous avons voulu partager avec vous en en reproduisant quelques pages, de découvrir l'écriture soignée de la poétesse.

Nous remercions vivement Florence COURRIOL et ses parents, Florica et Jean-Louis, de nous avoir fourni une aide décisive concernant les liens de Marie Nizet avec la Roumanie, ainsi que Vanessa GEMIS d'avoir mis à notre disposition sa riche thèse sur les femmes de lettres belges.

Nous remercions du fond du cœur Clément BARNAVON et Olivier ESPIÉ pour leurs relectures attentives et méticuleuses de cette nouvelle édition. Le soutien de nos familles et de nos ami·es nous a aussi été très précieux : nous exprimons en particulier toute notre gratitude à Françoise PINIELLO et à Florence CAUMONT-QUINTENS.

Évidemment, nous n'oublions pas nos camarades de la « Bibliothèque poétique des femmes », qui nous honorent de leur amitié : Adrien BRESSON, Alexandre DAUDON, Laure MARIN-PACHE, Éléonore RAMBAUD et Anne TANNHOF ! Nous attendons avec impatience celles et ceux qui viendront nous rejoindre dans cette belle entreprise.

Que toute l'équipe des éditions L'Harmattan ainsi que le directeur de la belle collection « Poésie(s) », Philippe Tancelin, soient remerciés de leur travail et de leur soutien !

Merci, enfin, à toi, lectrice, lecteur, qui fais vivre la poésie en la lisant, en la récitant, en l'enseignant, en en écrivant parfois, bref en la partageant !

TABLE DES MATIÈRES

Structures éditoriales du groupe L'Harmattan

L'Harmattan Italie
Via degli Artisti, 15
10124 Torino
harmattan.italia@gmail.com

L'Harmattan Hongrie
Kossuth l. u. 14-16.
1053 Budapest
harmattan@harmattan.hu

L'Harmattan Sénégal
10 VDN en face Mermoz
BP 45034 Dakar-Fann
senharmattan@gmail.com

L'Harmattan Cameroun
TSINGA/FECAFOOT
BP 11486 Yaoundé
inkoukam@gmail.com

L'Harmattan Burkina Faso
Achille Somé – tengnule@hotmail.fr

L'Harmattan Guinée
Almamya, rue KA 028 OKB Agency
BP 3470 Conakry
harmattanguinee@yahoo.fr

L'Harmattan RDC
185, avenue Nyangwe
Commune de Lingwala – Kinshasa
matangilamusadila@yahoo.fr

L'Harmattan Congo
219, avenue Nelson Mandela
BP 2874 Brazzaville
harmattan.congo@yahoo.fr

L'Harmattan Mali
ACI 2000 - Immeuble Mgr Jean Marie Cisse
Bureau 10
BP 145 Bamako-Mali
mali@harmattan.fr

L'Harmattan Togo
Djidjole – Lomé
Maison Amela
face EPP BATOME
ddamela@aol.com

L'Harmattan Côte d'Ivoire
Résidence Karl – Cité des Arts
Abidjan-Cocody
03 BP 1588 Abidjan
espace_harmattan.ci@hotmail.fr

Nos librairies en France

Librairie internationale
16, rue des Écoles
75005 Paris
librairie.internationale@harmattan.fr
01 40 46 79 11
www.librairieharmattan.com

Librairie des savoirs
21, rue des Écoles
75005 Paris
librairie.sh@harmattan.fr
01 46 34 13 71
www.librairieharmattansh.com

Librairie Le Lucernaire
53, rue Notre-Dame-des-Champs
75006 Paris
librairie@lucernaire.fr
01 42 22 67 13